WALTER KLIER   KAUFHAUS EDEN

D1619053

Walter Klier

salzburger AV edition

SALZBURGER EDITION, Band 13
Erste Auflage 1990
© aigner-verlag, Salzburg

Printed in Austria by
Neumarkter Druckereigesellschaft m.b.H.
Neumarkt am Wallersee

ISBN 3 900 594 13 9

WALTER KLIER

Kaufhaus Eden

UND ANDERE PROSA
MIT ZEICHNUNGEN VON
REINHARD WALCHER

Inhalt

ALTE
MÄNNER

UND HABE ALSO geschossen. Und war also, schreibt er, mit meinem Latein am Ende, jener toten Sprache, die ihnen damals, vor langer Zeit, im selben Klassenzimmer sitzend, eingebläut worden war, um das logische Denken zu schulen, wie gesagt wird, jedoch war, nun offenkundig, etwas durchaus Gegensätzliches dabei herausgekommen, so löste sich also der Schuß und so war alles zuende, schrieb der verbohrte Alte, in eine Zelle gesperrt wegen Wiederholungsgefahr, die nicht besteht, was nicht geglaubt wird, wofür hält man mich, sagt er dem Anwalt, der es begreift wie jeder bei Trost Befindliche mit oder ohne Latein, aber nicht hier im südlichsten der deutschen Länder, in eine Zelle gesperrt wegen Fluchtgefahr, wohin sollte er denn fliehn und weshalb, wofür halten sie ihn, so oder so und im Gegensatz zum andren, dessen Leben erst zu beginnen scheint, neu und strahlend, ist seins vollendet, ob Lebens-Werk zu nennen oder nicht, steht ihm nicht zu und kann nicht gewußt werden, eingesperrt wegen Gefahr der Verdunklung, die nicht besteht, wo doch, sagt er, alles offen zutag liegt in diesem Land, was nicht heißt, es dürfe ausgesprochen werden, nur die Unwahrheit bleibt straflos, die Verleumdung, straflos können, denkt er, in diesem Land Slowenen mit

Nazis verglichen werden, und der Slowene, so er klagt, wird abgewiesen und hat die Kosten zu tragen, alles offen zutage, Neid, Haß, Furcht, Duckmäuserei vor der Macht im deutschesten aller sozialistischen Länder, das mich auf dem Gewissen hat, denkt er, das insgesamt und durch seine Regenten mich als zerstörte, zermahlne Einzelperson auf dem Gewissen hat ebenso wie diese Minderheit, die im Land nie geblüht, aber doch existiert hat und nun, denkt er sich aus in seiner Wut, auf das Gemeinste, nämlich Demokratischeste, Offiziellste, Amtskappelmäßigste in kleinen zäh ausgehaltnen Schritten wegradiert werde, so wie man mich, kritzelt er und die Hand zittert, stets auf das Legalste sabotiert hat, gutmütig, zivil, kein Scheiterhaufen, keine Eiserne Jungfrau, kein Vierteilen mittels vierer Rösser wie bei dem Möchtegernkönigsmörder Damiens 1757, nein, höflich, korrekt und der rechte Betrag an Stempelmarken und Bedauern des Beamten, der nur ausführt, was das Gesetz ihm befahl. Habe also, daran kein Zweifel, obwohl an allem zu zweifeln geboten, die Pistole gekauft mittels Waffenschein, wogegen behördlicherseits damals kein Einwand, bedenklich, wie gesagt werden muß, murmelt er, absurd, absurd, die Gefahr!, wie leicht für jedermann der Nachweis für Bedarf an Mordgerät, höchst bedenklich, wie er sich zu äußern erlaube post festum, wenn auch fraglich, ob der als Fest vorgesehne Gedenktag nach all dem so zu bezeichnen, gibt er zu Protokoll und gesteht freimütig, ohne Stiefelbretter, Pressung, Ein-

treiben der Keile, Abbrennen der Hand in vorge-
schriebner Art, habe Munition gekauft, legal das
Schießen geübt vor aller Augen, der Sonderliche,
hieß es längst vor der schaurigen, auf das entschie-
denste zu verurteilenden Tat, nicht die klamm-
heimlichste Freude sei am Platz, obwohl, wie gesagt werden muß, gehört und gesehn wurde, solche
aufgetreten bei finstren, kaum Mitbürger zu Nennenden, ins Fäustchen gelacht wurde in dunklen
Ecken, doch nicht, wie gesagt werden muß, über die
Schmerzen des Niedergeschossnen, die man keinem wünscht, Bedauernswerten, wenig Bedauerten
außer von amtlichen Sprechern, öffentlich rechtli-
chen Kommentatoren, worin wenig Trost, die Freude ersichtlich auf die überraschend erwiesne Ver-
letzlichkeit gerichtet, den Beweis, daß unter der
Pergament- und Reptilhaut, unter dem glänzenden
Panzer eines jener regierenden Götzen, Popanze,
volksnahen, gleich welcher Partei gehörigen immer
gleich unnahbar und unverletzbar volksnahen,
populären, redseligen, kontaktfreudigen, hände-
schüttelnden, schulmädchenscheitelstreichelnden,
autobahnteilstreckeneröffnenden, unantastbar demo-
kratischen Regierer, Machtfesthalter, Nimmerlos-
lasser das gleiche Blut pulsiere wie unter unsrer
Papierhaut, dachte, so denkt man es sich aus, annä-
herungsweise, der wirre, magere, haarige, patheti-
sche Süd-Kohlhaas, zermürbt und ausgespuckt von
der sozialistisch-deutschen Parteimaschine des deutschesten der sozialistischen Länder, zermahlen in

12

der kulanten, bürgernahen, bürgerservicemäßigen, automatenhaften, menschlicher Erwägung unzugänglichen Art und Weise solcher Apparate, die, obwohl zur Gänze aus organischen Werkteilen, Menschen bestehend, dennoch perfekt, auf Knopfdruck funktionieren oder besser, ohne Knopfdruck, ohne Befehl, auf einen Windhauch, auf den zarten Geruch hin, den einer ausströmt, die Maschine wittert feiner, als der einzelne vermöchte, das Wichtigste: ob einer spurt oder nicht, ob einer als Fahrplanaustüftler für die Strecke Berlin-Warschau-Auschwitz retour oder als Generalstabskartenfähnleinaufstecker, Erschießungsbefehlweitergeber und Imnachhineinnichtswisser zu gebrauchen oder nicht, ob sich einer als das bekannte Rädlein in die zu allen Zwecken der Macht konvertible Maschine einbaun lasse oder nicht, sagte er sinngemäß oder dachte, kein Zweifel, daß ich mich von Anfang als einer herausstellte, der nicht zu brauchen gewesen, ebenso zweifellos, wie daß für das grundsätzliche Funktionieren des Mahlwerks völlig gleichgültig, in welcher Farbe die Maschine außen lackiert, Sie wissen, sagt er zu dem Anwalt, der gähnt und verstohlen auf die Uhr schaut und am Abend in der Hauptstadt zurückerwartet wird von seiner außergewöhnlich schönen Freundin, die zu diesem Zeitpunkt den Weißwein grade einkühlt und das Essen auf 21 Uhr 30 bei dem Partyservice bestellt, den ihre Freundin Grete ihr vor kurzem empfohlen, und die, während er das Kupee durch Nacht und Wind nordwärts lenkt, die Tachonadel sich um

die 170 einpendelt, sich im Schaumbad suhlt, zwei oder drei Finger zwischen den Beinen und die Gedanken bei ihm, dem Anwalt, der nun gähnt und sagt, also haben Sie geschossen, haben Sie willentlich und wissentlich abgedrückt, wo sind Sie gestanden, wo er, wo haben Sie hingezielt, was haben Sie gedacht, geplant, vorgehabt, während der alte Mann weiterredet, sich in Theorien über die Macht im allgemeinen verliert, in Rede-Girlanden verstrickt, in seinem strähnigen wie vergilbten Bart zupfend, Sie wissen, sagt er zu dem, dem er es nicht sagen muß, daß die Maschine in zwei oder drei Farben lieferbar, daß die Maschine, von ungeheurer Haltbarkeit (das übersahn die alliierten Sieger im ersten Überschwang: diese ungeheure Haltbarkeit), bei Wechsel des Managements, bei Neuübernahme der Alten Firma nicht ausgetauscht, bloß umgespritzt werden muß, auf diesen unausgesprochnen Wahrheiten baue die Ordnung, sagt er nun zu sich selber in Ermangelung des Anwalts, der sich auf dem Fahrersitz reckt und seine schön geschwungnen Augenbrauen im Rückspiegel ansieht, während er den Wagen startet, die bloße Erinnrung an das Vernichtungspotential der Maschine halte die Leute ruhig in lebenslang geduckter Stellung, er habe nun nach Jahrzehnten vergeblicher Versuche, an dieser kannibalischen Ordnung etwas zu ändern (oder, sagt er nicht, sie für mich zu benutzen), resigniert, nein: einen Augenblick lang die Nerven verloren. Und dieser Augenblick, sagt er sich, formt eine lange müßige Reihe von Wörtern im

Kopf, nur im Kopf, nur für sich, dieser Augenblick wiege nun, scheint es, schwerer als das ganze in einem fruchtlosen, doch edel zu nennenden Streit hingebrachte Leben, habe also durchgedreht, was ihm nach vierzig Jahren des zehrenden und allein, ohne Freunde oder Verbündete geführten Kampfes nicht zu verdenken sei, Sie müssen, sagt er zu dem Anwalt, der den Blick über das Inventar des österreichischen Strafvollzugs schweifen läßt, diesen Augenblick gegen das ganze Leben wägen, so wie ihm auch nicht zu verdenken sei, daß seine Versionen vom Tathergang einander widersprächen, dies sei, rief er, das erste, jedem Einsichtige, daß auch der sogenannte Normale in höchster Erregung nicht mehr er selber sei, nicht nur momentan die Kontrolle über sich verliere, sondern auch später schwer, wenn überhaupt, rekonstruieren könne, was genau geschehn sei, auf das GENAU komme es aber an, dieses GENAU sei das Unmöglichste, man könne sich ihm nähern, nicht von einer Seite, über eine, wie behauptet wird, jedem benützbare Straße, sondern nur von mehreren Seiten zugleich, das ZUGLEICH sei so wichtig wie unausführbar, weil verhindert vom Wesen der Sprache, die Nacheinander fordert, man könne es nur im Nacheinander versuchen und dürfe dies nicht mit Widersprüchen verwechseln, rief er erregt in den Saal, nichts andres versuche ich doch seit damals, in den Wochen des Eingesperrtseins wegen Gefahr der Wiederholung, Flucht, Verdunklung, und wenn, rief er, er sich immer wieder und im

16

scheinbar oder wirklich Wichtigen widersprochen habe und weiter widerspreche, so möge man einsehn, daß die Widersprüche in einem höhren Sinn, höhrer Logik als der einst zusammen mit dem von ihm Niedergeschossnen (durch das Niederschießen, die Schmerzen, das Blut, den offnen Haß, mit dem dieser ihn seither verfolge, wieder als Mensch ausgewiesnen Drachen, Gottvater, das unnahbare, gefährliche Reptil) gelernten toten Sprache nichts andrem dienten als: der Wahrheit näher zu kommen. Der Wahrheit! rief er in den Saal, der, gesteckt voll, sich nun mucksmäuschenstill hielt, stumm gespannte Erwartung, zoo- oder zirkusmäßiges Starren auf die verwitterte, um den Kopf mit graugelblichen Strähnen zugewucherte Gestalt des ehemaligen, nun als Mörder bezeichneten Schullehrers, der Wahrheit! murmelte er ein weiteresmal und schien sich nun am Mikrofon, entkräftet, am Ziel des lebenslangen Dauerlaufs angekommen, festhalten zu müssen, zu wanken, zu zittern, Wahrheit?, unnütze, gefährliche Einbildung, stierte lange still in dem totenstillen, mit still und neugierig Gaffenden und Atmenden vollgepackten Saal vor sich hin auf den kleinen auf dem Richtertisch aufgestellten Gekreuzigten, bevor er weitersprach.

ALSO WEITER. SIE sind auf die Toilette. Ich mußte mit ihm reden. Sprechen Sie lauter. Ich sagte, höchste Zeit, daß wir miteinander reden. Das war mein Satz nicht seiner. Mein Satz. Zerrissen Glied um

Glied, vom Blitz erschlagen, das Haupt versteinert, kurz eine für den Augenblick zusammengeschusterte Komödie, bedenket Dummköpfe ihr seid nichts als Staub, alles was sich an Plattheiten sagen läßt, redend, immer weiter redend, göttliche Geheimnisse verraten, fürs Irrenhaus reif, sagten sie über ihn, hat es mit eignen Ohren und wenn nicht, hätte er. Sie haben das gesagt. Was. Wie war es. Aber wie wars genau. Es war Samstag damit beginnt das Drama schon. Die Nachbarin lugt übern Zaun, er schießt wieder schürzt sie den Mund zum Hennenarsch. Ich sterbe. Sie haben das gesagt. Nein. Wie genau. Ich hab doch gewußt, daß ich sterben werde. Bei der Vernehmung haben Sie das anders dargestellt. Ich muß mit dir, höchste Zeit. Und dann. Ein Kellner ist mir auf den Bauch gesprungen. Das war nachher. Ja, nachher, natürlich. Ein Polizist. Der Schuß hallte, schepperte, widerhallte zwischen den blumenverzierten Fliesen des Gasthausklos. Vielmehr des Vorraums zu diesem Klo. Sprangen auf mir herum wie auf einer Matte beim Turnen, gab der zwangspensionierte Schulmeister zu Protokoll. Die Geschwornen kennen das Protokoll nicht. Jetzt stellen Sie das anders hin. Ich wollte schießen. Er fiel. Er schrie oder stöhnte oder ächzte oder sagte etwas wie. Das war? Natürlich, nachher. Der Schuß löste sich. Traf in den Bauch, etwas dunkel, gebt Feuer, ach wie schießt ihr schlecht. Plötzlich die Tatwaffe zur Hand. Die Mord Tötungs Totschlag fahrlässige Körperverletzungswaffe. Übte am Nachmittag desselben Tags im Garten hinter seinem Haus, bestätigen unter Eid die Nachbarn. Entnahmen Sie dem Gesicht ein dunkles Trachten? Besitzt einen Waffenschein. Tragen Sie die Waffe hinaus in die Öffentlichkeit, so ist dies verboten. Nicht gewußt. Das wußte er nicht. Sagt er. Soll gesagt haben, jetzt geschiehts oder etwas in der Art. Weiß nicht, ob und wenn ja, was. Oder davor oder danach. Vom Schuldienst suspendiert. Pflichten vernachlässigt. Wollt Schuldirektor werden. Partei war dagegen, etwas mit PARTEI hängt unausgesprochen, giftige Wolke. Wie soll Direktor werden, der die Pflicht nicht tut im Land großer Söhne, begnadet für das Schöne, dem Land der Hämmer zukunftsreich nach einer Melodie von Mozart. Wer Pflicht nicht tut wird nichts nicht Wirt nicht Oberleutnant. Weiter. War der Hahn gespannt. Hat er zwei Mal. Oder drei. Bei nicht gespanntem Hahn ist ein Druck von sechs Kilopond nötig und es schießt trotzdem. Das nennen Sie unbewußt? Ich nenn das kräftig. Antlitz des Sachverständigen sachverständig beeidet vor dem Bronzefigürchen des Guten Hirten, der die Menschen zur Wahrheit anhält, Gute Schafe schwarz, rot, blau undsofort. Haben Sie also zwei oder dreimal. Das müssen Sie. Hat er geschossen, hat es. Mir aufs Klo gefolgt. Die Toilette. Wollte mich umbringen. Ich steh hier nicht als Bonze, sondern als bedauerliches Opfer. Es war Mord. Seine Augen auf mich gerichtet, die Mündung der Waffe ein Abgrund des Todes. Ich weiß es. Ich kann es fühlen. Hänschen klein ging allein in die weite Welt hinein. Er ging mir nach. Mich belästigt, sich mir aufgedrängt seit Jahren, seit wir als Rotzbuben die Schulbank gedrückt. Wollt was werden mit meiner Hilfe, was er aus eignem nicht konnte, nur durch mich, weil ich etwas geworden aus eigner Kraft, der Kraft der goldnen Nachkriegszeit, der Kraft der Hitlerjugend, der ich freudig angehört, wie ich mich nicht schäme öffentlich zu bekunden.

Sorgen Sie, daß es keine falschen Geschwornen gibt. Es geschehe, Herr. Lassen Sie den Saal bewachen wegen einer Wiederholungsgefahr, die nicht von ihm droht. Hand- und Hosentaschen durchsuchen, Achselhöhlen betasten, Einlaß nur für Perlustrierte, Befugte, Parteigenossen, Sie verzeihn den Ausdruck. Und daß immer ein paar von uns. Damit keine eventuell unrichtige Stimmung aufkommt. Das versteht sich, Herr. Wir werden dem Saal eine Bombenstimmung besorgen, wie aus amerikanischen Filmen bekannt, wo die empörte Menge den Neger auf Verdacht gleich aufknüpft, dunkel geschwollne Zunge in *close up* aus dem Ballongesicht, Augen weiß gegen den Himmel und am Boden herunten eine Mordshetz. Und hindern Sie, daß die Verhandlung in ein andres Land gelegt werde, was das Gesetz vorsieht für heikle Fälle. Das versteht sich, Herr. Ich bin ein vom Volk geliebter Herrscher, ein guter Fürst. Wiederholen Sie. Ihr seid ein beim ganzen Volk höchst beliebter Herrscher, der beste König seit Menschengedenken, Herr.

Sie haben also geschossen beziehungsweise, dar-

20

an kein Zweifel, der Schuß löste sich und traf den ehemaligen Schulkollegen, jetzt König, in den Unterleib, nicht den Kopf, nicht das Herz, den Bauch, die Wohnung der Därme und Dämpfe, die Wohnung der Angst. Jetzt keine Angst mehr. Da würde ich Ihnen einmal empfehlen, sowas zu erleben. Wollte verletzen. Schrecken. Angst einjagen. Das Fürchten lehren. War überrumpelt. Die Situation. Das Schicksal ist schuld! Wußte nicht was ich tat. Wollte etwas, wofür es kein Wort, nur mit einer unübersichtlichen, nutzlosen Folge von Wörtern könnte man es vielleicht ausdrücken. War außer mir. Blind. War ein andrer. Ich ist andere. Habe das mehrfach ausgesagt, schon mehrmals zu. Unterschreiben Sie das Protokoll hier, hier, und hier, und hier, hier, hier, hier, hier und hier, hier, hier, und hier, und hier, und hier und da auf jeder Seite unten und bei jeder nachträglichen Korrektur extra. Beeilen Sie sich, sagen Sie die Wahrheit, aber rasch. Die rechte Wahrheit, es wird Ihnen guttun. Mit dem Gegenstand der Vernehmung vertraut gemacht und zur Wahrheit ermahnt, gibt er als Verdächtiger freiwillig folgendes an. Geboren, wohnhaft undsoweiter. Glaublich bin ich am Abend des bewußten Tags. Und dann. Eine Gedächtnislücke. Die Wahrheit ist folgende: ich war in der Unterwelt. Bin und zwar hinter meinem ehemaligen Klassenkameraden her in den Hades hinabgestiegen aus dem Gastzimmer, wo wir uns zum Andenken an die vor vierzig Jahren bestandne Reifeprüfung getroffen, beisammensaßen, ohne einander etwas zu sagen zu haben, dies der persönliche Eindruck. Uns interessieren nicht Eindrücke sondern. Die Wahrheit ist die. Er sagte, er würde mit mir reden. Oder müsse. Oder wir müßten. Oder sollten. Er müsse sich vorher erleichtern gehn. Austreten oder die Kleine Notdurft, so die korrekte Bezeichnung. Die Wahrheit ist die. Ich folgte ihm. Bin hinter ihm her diese Treppe hinunter, über die der schale Geruch von Urin und Desinfektion heraufwehte, kühl wie aus tiefen Höhlen, folgte ihm, stand hinter ihm am düstern Ort, in dem gekachelten Tunnel, der, das wußte ich einen Moment lang, ins Totenreich führte oder geführt hätte, wären wir weiter gegangen, wir die letzten Menschen, die ihn zu durchschreiten hätten, alle andren vorausgegangen dorthin, wie nennt man das, die einen auf der einen Seite, die andren auf der andren und von oben die Lautsprecherstimme? — Ging vor mir, in einigem Abstand. Ging, prall, göttlich, machtvoll, nichtsahnender Orpheus her vor seiner irren, hutzligen, blinden, aufgebrachten vor Wut bebenden Eurydike, wandte sich um. Ging, stand, wandte sich um, zu mir, überraschend. Hatte die Waffe in der Hand. Grausames Antlitz. Muß sie aus der Tasche, wann, weiß ich nicht. Müssen Sie. Weiß nicht. Müssen. Nein. Drehte sich um. Kam auf mich zu. Sagte, mach keinen Blödsinn. Etwas in der Art. Was man in solcher Situation sagt: niemand war je in solcher. Woher soll man. Stellen Sie sich vor. Ging oder lief oder sprang vielmehr auf mich zu. Arme abwehrend, beschwichtigend, schützend. Ge-

22

breitet wie Flügel. Flatterte. Versuchte mich zu fassen, faßte mich, kugelten übereinand. Die Schüsse. Zwei alte Männer stürzen langsam übereinander her, langsam, verkrallt, zuckend, langsam die Beine weggerissen, dem Boden zu. Am Boden liegend im Durchgang zum Jenseits plötzlich Leute. Es gab noch Menschen. Sie sprangen auf mir herum, wikkelten eine Jacke um meinen Kopf, stießen, traten mich, drehten mir mit theatralischer Roheit für die Kamera die Hände auf den Rücken. Der Schuß widerhallte sehr laut. Die Fliesen mit je einer stilisierten Blüte, rot emailliert auf braunem Grund. Die Presse also, jemand mit einem Blitzlicht, vielleicht Mitschüler, der ein Erinnerungsfoto hatte schießen wollen und eins bekam, auf das er nicht gerechnet. Drehten mir die Arme nochmals auf den Rücken, zerrten mich nochmals durch den Gang, damit das unterdessen eingetroffne Fernsehn es filmen konnte. Zwischen den Aufnahmen traten sie mir gegen die Schienbeine. Das war nachher. Ja. Nachher. Das interessiert nicht. Nicht nachher, nicht der ganze unordentliche Jammer in Ihrem Kopf, sondern der Moment, der Augenblick der Wahrheit. Er wollte mich töten. Er sagte jetzt passierts oder ähnlich. Ich hatte mich umgedreht, machte den Schritt auf ihn zu, schlug auf die Hand. Dann das bereits präzis beschriebne Handgemenge. Dann weiß ich nichts mehr. Ich wurde, wie Sie wissen, lebensgefährlich verletzt, mein Leben an einem Faden, und überstand den Mordanschlag nur durch eiserne Konstitution,

23

die mich schon vorher so weit gebracht, Sie wissen von wo nach wo. Hatte auf einmal die Waffe wieder. In seinen Augen das Glitzern, das Mörder in diesen Augenblicken haben und das bedeutet: der Mensch ist nun gleichsam kein Mensch mehr, sondern ein Tier, selbstredend ein voll zurechnungsfähiges. Soviel, hohes Gericht, steht fest: er ist ein Mörder. Er scheiterte mit diesem Vorsatz, wie er mit seinem ganzen Leben gescheitert, nicht aus einem Einsehn seinerseits bin ich noch am Leben, sondern, wie gesagt, und ein Schreiben, worin Bedauern ausgedrückt über das Geschehne, kam mir von seinem Anwalt zu, nicht von ihm, also wieso soll ich ihm verzeihn, er hat auf mich geschossen nicht ich auf ihn.

Ein langes Warten schon tief in die Nacht, bis die Geschwornen in den Saal traten, um den Wahrspruch zu tun, die an sie gestellten Fragen nach Benennung der Taten zu beantworten als Stimme des Volks, Ausdruck eines breiten Rechtsempfindens und was der Platitüden mehr, zwei Stunden wurde von ihnen verhandelt, Vorsatz oder fahrlässig, bewußt oder unbewußt, bewegte Wortwechsel, Handgefuchtel fast wie das Gemeng, worüber ausgesagt, ein Zweifel, eine Unsicherheit, ob die Wahrheit noch zu finden, wer wo gestanden, wie weit auseinand, wieviel Zeit zwischen Schüssen verging, Sekundenzehntel oder Hundertstel, der zu treffende Entscheid plötzlich schwer, ungeheuer, zu schwerwiegend plötzlich, im voraus gefaßte Meinungen zersetzt,

24

weggeronnen, aufgelöst in dem See aus Wörtern, Gerede der zwei langen Tage, Glaubwürdigkeit des Schützen, des Opfers, die mit peinlicher Genauigkeit verschwiegnen Parteigeschichten, diese ganze das Land vergiftende Parteigeschichte, daran nicht zu rühren bei Strafe einer kleinen, genauen Verfolgung später, was alle wußten, keiner auch nur andeutete, die niemals gegebne Anordnung im Saal spürbar, sichtbar, Inschrift an der Wand, ein nichtausgelöschter Mond über den Köpfen: der Sonderliche ein Mörder und zurechnungsfähig, der Lebende ermordet, so hätte es sich sollen reimen zum beeindrukkenden Richtspruch, das Volk zu lehren, die Mächtigen nicht anzutasten bei Drohung des Vierteilens, die Prozedur von Paris 1757 leider nicht mehr praktikabel, wird also bildlich verstanden, zur Festigung der Ordnung und Ruhe, doch keiner gespannten, mißgünstigen, unentzifferbaren wie an jenem Abend im Gerichtssaal (der kein Ende brächte, sondern einen Beginn), die Totenstille im Saal spät, weit nach Mitternacht, alle hatten gewartet, mit Fingern getrommelt auf Lehnen und Sitzflächen, gegähnt, getuschelt, gezischt, bis sie endlich heraustraten und in die Stille hinein (und die Gesichter der Aufpasser und Zuträger lang wurden und finster und dann steinern und dann sich alles in der Weise, die uns annähernd bekannt, überstürzte und die beigestellten Berufsrichter murmelten, das gibt nur zwei Jahre, so geht das nicht, und den Wahrspruch annullierten wegen Irrtum und das Land am nächsten und den fol-

genden Tagen in Aufruhr geriet), in die Stille hinein
also anfingen, die Fragen zu beantworten, die ge-
stellt worden waren über Vorsatz, Fahrlässigkeit,
Schuld, genaue Benennung der Delikte, die der vergilbte, struppige alte Mann begangen haben sollte,
und sie zu antworten anfingen und in den grabesstil-
len Saal hinein sagten Ja, wo sie hätten Nein sagen
sollen, Nein, wo sie hätten Ja sagen sollen, Nein, Ja,
Nein, Ja, Nein, Ja

LÄNDLICHER HOLZSCHNITT

DEN ZWEITEN MAI fuhr Müller nach Steinbach. Erster Rundgang durch den Ort: das neue Gemeindezentrum mit Gemeindeamt, Post, Supermarkt, Raiffeisenkasse und Festsaal, daneben das Gerätehaus der Freiwilligen Feuerwehr mit einem Sgraffito, darstellend den Heiligen Florian. Die übliche Mischung aus Bauernhöfen, Wirtshäusern, Pensionen. Katarakte von Pelargonien über alle Balkone, die Luft schwer von Kuhmist und Diesel. Außerhalb auf einem Hügel das barocke Kirchlein, dahinter das Gebirg, die grobschlächtige Ruine aus Trias, Jura, Kreide. Müller schlenderte an dem fraglichen Haus vorbei. Die sonderbarste Aufgabe mit dem leichtesten Herzen oder Geist leichtfertig übernommen.

Wir haben Steinbach ausgesucht, sagte Kastner am Tag der Abreise zu ihm, es zeigt diese typische Mischkultur, wo nach unsren Beobachtungen die Wirklichkeit am raschesten zerfällt, das heißt die Identität der Bewohner. Die Geographen waren dort, hier haben Sie den Bericht. Der bringt Sie nicht viel weiter. Hier das Dossier VERGANGENHEIT. Ein paar Namen, Anekdoten, das übliche. Wir müssen zusehn, wie wir die Trümmer zusammenfügen zu einem neuen Image, zeitgemäß, eine neue Stimmigkeit, neue Schichten, die wir erreichen. Sehn Sie zu,

28

daß Sie selber ganz bleiben. Aber Sie kommen ja von dort. Aus Innsbruck, sagte Müller. Das ist etwas ganz andres.

Werde jetzt bald so ziemlich krepiert sein schrieb unter dem Datum zweiter Mai Pfandler Hermann in sein Kassabuch. Er betrat die Stube, wo es immer aufgeschlagen liegt, nur, um diese Aufzeichnungen weiterzuführen, für die Nachwelt wie er zu sich selber sagt. Was immer er sich darunter vorstellt, den Rotz in der Nase hochziehend oder, was davon zu weit herausgeronnen, in den Ärmel der Wolljacke gewischt.

Ich habe diesen Menschen besucht, schreibt Müller in seinem Bericht, er schien mich kaum zu bemerken, als ich eintrat, erschrak nicht, blieb am Küchentisch ruhig sitzen, der Raum in ein Nachmittagslicht gelb wie Fliegenpapier getaucht, am Boden Linoleum, das Muster vor Dreck unsichtbar, die Ränder wie angenagt, einen mürben Bretterboden freilegend. Er schaute auf, als ich eintrat, brummte, was man als landläufiges Wort der Begrüßung hätte verstehn können, ich faßte es so auf und setzte mich und stellte meine vorbereiteten Fragen, worauf er in keiner Weise reagierte, sondern still vor sich hin auf das blaßgrünblaue Blümchenmuster des Wachstuchs starrte, trockne Ringe von Kaffeeuntertassen, Tassen, Weingläsern oder Limonade oder Schnaps, jedenfalls Ringe, schwarz und trüb wie um die Augen einer Mumie. Er hob das Gesicht; das flach einfallende Licht arbeitete die Runzeln scharf heraus, eins

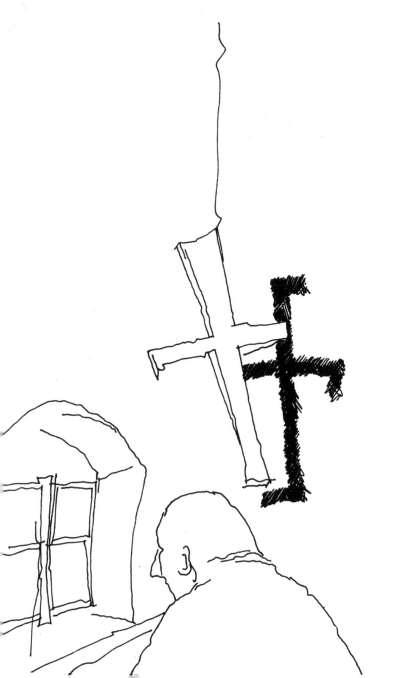

der erst vom Alter höchst vollendeten eingebornen Adlergesichter. Die Augen sind gerötet und sondern weißlichen Ausfluß ab, worauf ich ihn ansprach, vom Konzept abweichend, ohne eine Antwort zu erhalten, ebensowenig, wie gesagt, wie auf alle Fragen und Anreden. Ich blieb eine halbe Stunde bei ihm, ich hatte die Zeit notiert, die Sonne rutschte, als ich vors Haus trat, in die Lücke zwischen Schönachkopf und Muttenkopf, der Grat gegenüber mit den wie angeflickten Felszacken in der oberen Hälfte gelbrot, unten schwärzlich blau, von der Dämmrung gelöscht. Das Haus zerfällt. Der Mauerfraß hat rundum gute Arbeit geleistet, innen Staub, Fäulnis, Moder, Schimmel, so als bedingte das verschieden ausgeprägte Kleinklima im Haus wechselnde Arten des Verfalls auf engstem Raum nebeneinander, oder sich überlagernd.

Ich ging durch die Wiesen zurück. Ich begegnete niemandem.

Krepiert, dessen bin ich gewiß schrieb er in Kurrentschrift, mit Tintenblei, den mit dem Alter stärker zitternden Händen zum Trotz blieb die Schrift gleich steif, zackig, schullehrerhaft, die Zeilen parallel gegen rechts abfallend, die Horizontale der bläßlich vorgedruckten Zeilen nicht achtend.

Nichts mehr übrig aus alles aus vorbei aus und zuend.

Starrte auf den braunen Handrücken, Adern, Härchen, Flecken, abgebrochne graue Fingernägel, das Knochengerüst als Röntgenbild, dunkles Astwerk auf der Netzhaut, durch es hindurch auf die Tischplatte, Brösel und Fliegenschiß, durch sie hindurch auf den Boden, durch Bretter, Mörtel, das Kellerdunkel in die Erde, Würm, Engerling, Maulwürf das ist das letzte womit du bekannt wirst.

Wann, schrieb er, und wann das Hansele, und wann zum letztenmal und wann.

Vierzig Jahr kein Wort dritten Mai vierzig Jahr, notiert er, daß die Ami ins Dorf.

Besser gleich umgebracht werden als dieses denkt jemand nur, weil er lebt. Warum er nicht alles verkaufte und wegging, dachte Müller.

Jeden Morgen ein Wunder daß ich noch da bin.

Ein Spinner ein Kinderverzahrer und Schlimmeres sagt man von ihm. Was wäre das Schlimmere.

Wie war es wirklich.

Vierzig Jahr als wär kein Tag vergangen seh ichs vor mir sagt Bacher Hubert bei dem diesbezüglichen Gespräch.

Eine Schand fürs Dorf sagen sie im Hirschen am Stammtisch, besser heut als morgen soll er verrecken. Das Haus der Schandfleck an der Straße wo jeder es sieht.

Einmal werden sies ihm zeigen, nichts gezeigt außer paar Fensterscheiben, aber vierzig Jahre kein Wort. Das können sie, da sind sie gut die Söhne der Berge schrieb Müller, am nächsten Morgen strich er den Satz.

Nicht vergessen Scheibe für Küchenfenster schrieb er für die Nachwelt aus Versehn ins Buch statt auf

den extra Zettel für Besorgungen, die Zettel gilben
rasch auf der Kredenz zwischen Speckschwarten,
Fliegendreck, Brösel im pißgelben Nachmittagslicht ranzig und alt wie die Welt.

Lieber heut als morgen und kein Hahn krähte nach
ihm, es braucht keine Fantasie, sich auszumalen
(nicht nur weil damals das Hansele alles, was sie
über ihn, jedes Wort wortgetreu): gleich gebliebne
Wünsche, seine Person betreffend, daß ihm nämlich
vor dem Kopf der Schwanz abgeschnitten gehört,
damit er es nicht mit unschuldigen Kindern treiben
kann, wovon das Dorf überzeugt ist, mir konnte nie
das geringste nachgewiesen werden nachweislich
war Faller Johann Hansele geistesgestört und befin-
det sich in Gewahrsam in Hall. Juristisch hat jeder
Einwohner mehr Dreck am Stecken wie ich wenn
ich zum Beispiel an den Schmuggel von Menschen
und Gütern zu Kriegsende über das Sandjoch denke
die später international gesuchten wirklichen Nazi-
verbrecher die im Mai 45 allnächtlich über die Grenz
geführt wurden mit Rucksäck voll Kaffee Zucker
Salami kamen die Führer retur, schrieb er dem
Rechtsanwalt in die Bezirksstadt, und die Terrori-
sten die 64 einen walschen Zöllner am Joch oben
samt der Hütte in die Luft gesprengt jetzt will keiner
mehr wissen oder gewußt haben wiewohl ich aner-
kennen muß daß ich ohne Ihre nicht nachlassende
Hilfe und Ihren Einfallsreichtum längst in der
Schmerlingeralm (Anm. Müller: früheres Landes-
gefangenenhaus Innsbruck, wo jetzt das neue Ge-

richtsgebäude steht) gelandet wär oder in Hall oder ins Greisenasyl gesperrt dank der nie erlahmenden Verfolgung und Verleumdung durch meine »lieben Mitmenschen« Hochachtungsvoll bleibe ich Ihr Pfandler Hermann.

Die Anzeige gegen Raffel Lukas war im Sinn des Gesetzes damals einwandfrei was sich ändert sind die Gesetze an was soll man sich halten. Angeklagt der Begünstigung, Verbreitung von Propaganda, Abhörn von Feindsendern, der Verurteilte wie ein Paket in diese Apparatur geschoben Köpfen war eine Ehre andre wurden aufgehängt ohne Prozeß im Kazett derschlagen wie Hund vergast haufenweis wie Ungeziefer wenn nur die Hälfte von dem stimmt was man danach gesagt bekommen hat.

Andre behaupten, der Raffel war ein Deserteur, hatte sich auf der Stier-Alm versteckt in diesem Winter, Pfandler beim Heuholen in der Nähe vorbeigekommen, den Rauch steigen gesehn aus dem Kamin, hingegangen, in der Almhütte den Raffel vorgefunden, den bereits gesuchten Deserteur, den das Reich dringend brauchte, den Krieg ohne ihn nicht gewänne, der Flüchtige beim Anblick des Pfandler bis ins Mark erschrocken, der Pfandler aus einer bekannten Nazifamilie, dem Pfandler das alleinige Recht auf Gruber Anna versprochen, wenn er ihn nicht verrate, sonst nichts gehabt, was er hätte versprechen können, Pfandler ins Tal zurück und ihn verraten.

Die Vollstreckung des Todesurteils gegen die

Nebengenannten hat am 20. Febr. 1944 im Strafgefängnis München Stadelheim stattgefunden. Der Hinrichtungsvorgang dauerte vom Verlassen der Zelle an gerechnet 1 Minute 1 Sekunde bzw. 1 Minute 4 Sekunden, von der Übergabe an den Scharfrichter bis zum Fall des Beiles 11 bzw. 12 Sekunden. Zwischenfälle oder sonstige Vorkommnisse von Bedeutung sind nicht zu berichten. Gez. Kummer. Beglaubigt München den 22. Febr. 1944.

Für diesen Verrat, der eine Anwendung des erweiterten Strafrahmens des § 91 b Abs. 2 StGB ausschließt, haben die Angeklagten bei der Schwere und dem Zweck und auch bei dem Umfang ihrer bis in das fünfte Kriegsjahr fortgesetzten Tat ihr Leben verwirkt und sich ehrlos gemacht. Die Folgen eines derart schimpflichen Verrats sind ihnen aus wiederholtem Führerwort bekannt. Für sie gibt es daher gemäß § 91 b Abs. 1 StGB nur die Todesstrafe.

Der Beschuldigte zeigte bei seiner verantwortlichen Vernehmung ein verstocktes Verhalten und verlegte sich auf hartnäckiges Leugnen.

Im Keller nachschaun Erdäpfl Kohlen: ins Buch statt auf den separaten Zettel, man wird vergeßlich verwechselt die Tage vergißt die Kleinigkeiten gleich schnell wie das Wichtigste dafür die alten Bilder hell klar schärfer wie alles Gegenwärtige oder Jüngstvergangne scharf und groß wie auf einer Kinoleinwand auch wo er selber nicht dabei war zum Beispiel: der Kopf fällt rund in einen Korb oder poltert rund auf den Boden weiße Kacheln die aufgerissnen

35

Augen drehn sich durch den Raum den sie einen Moment noch sehn ein weißer und roter Sturz ein Denkzettel das wollte ich damals aber daß sie ihn gleich.

Steckte mehr dahinter als man wußte wurde ihm zusammen mit dem aus Boden namens Dannler Josef oder Thanner der Prozeß gemacht eine Verschwörung ein kleiner Beitrag im Kampf gegen den Volksfeind.

Der Schnee geht heuer gar nicht weg dabei zu mittag eine Affenhitz das Haus voller Fliegen Fluigenschiß schwarz klebrig den Winter also überstanden lebendig über den Winter.

Staunt jeden Morgen daß er lebt.

Sitzt lauert schräg hinterm Fenster, in jedem Fenster ein Spiegel, der ihm erlaubt, auf die Straße zu schaun, ohne selber gesehn zu werden.

Wer erbt: Faller Johann Zwangsjacke Speichel übers Kinn Wörter aneinander die keinen Sinn geben Speiseflecken vorn herunter Medikamente Spritzen ein Dämmerzustand jedenfalls tobt er nicht mehr. Verlangsamt. Nebeneinander sitzend synchron das Brot in die Suppe tunken die Suppe löffeln jede kleinste Bewegung zu langsam alles viel zu langsam weggeschaltet auch dieses Bild unauslöschlich. Nach dem ersten Besuch kam er nie wieder also der einzige.

Soll verkauft und der Erlös dem entmündigten Faller Joh zugute derzeit wohnhaft Im Vollbesitz meiner geistigen Kräfte Steinbach am 7. Juli neunzehn hundert und.

Wie um einer lästigen Pflicht Genüge zu tun werfen sie ihm regelmäßig die Fensterscheiben ein, schrieb Müller in das Dossier PFANDLER. Der kollektive Haß gegen diesen Menschen ist zur Gewohnheit erstarrt und diese Erstarrung verhindert zugleich die geringste Milderung in ihrer unnachgiebigen Haltung.

Muß schwerer Wiegendes vorgelegen haben als die einzige Denunziation des Pfandler. Es gab Begnadigung zur Strafkompanie, doch unter welchen Bedingungen. Variante Deserteur überprüfen.

Heißt Müller, von einer wiener Zeitung sagt er, kein unguter Mensch, stammt aus Tirol, aus Innsbruck. Weiß über den Pfandler Bescheid, was führt er im Schild. Grund kaufen, ein Hotel baun, einen Lift, wär nicht der erste, der abblitzt. Über unser Tal einen Artikel schreiben, wers glaubt wird selig. Seit einer Woche im Hirschen. Lange Spaziergänge, zum See, über die Ache und auf die Almen. Soll beim Pfandler gewesen sein, über ein halbe Stunde: die Kathl schaute genau auf die Uhr, ging zufällig über die Gasse zum Faller um die Milch, schaute auf die Uhr und schaute hinter dem Vorhang heraus, bis er wieder aus der Tür trat, aus der Bruchbude, es war kurz vor sieben, die Sonne grad untergegangen, sicher ein Erbschleicher.

Setz dich her. Trink ein Glasl mit.

Setzte sich also: teils Urlaub, teils will er über das Tal. Die Geschichte. Was um Himmels willen für eine Geschichte. Hier gibt es nur Gegenwart, leidlich rosig, man darf nicht klagen, wenn auch für die meisten noch immer kein Honiglecken. Und Ewigkeit, für die der Pfarrer zuständig. Über dem seine Gegenwart könnte man Geschichten erzählen, könnte man.

Längst kein Vieh mehr im Stall, alle Wiesen verpachtet, aber an keinen aus dem Ort, den Wald kleinweis verkauft, wollte nie Bauer werden, war der jüngere, der Bruder umgekommen, noch vor dem Krieg, ein finstre Geschichte. Kein dummer Mensch gewesen, in der Stadt eine zeitlang studiert oder sich herumgetrieben, die Zeit totgeschlagen, ein seltsamer Ausdruck: manchmal rutscht es einem so heraus. Der Bruder, ein stattlicher Mensch, auf eine Wette hin bei Nacht im Rausch durch die Ache, sie haben ihn dann in Kirchbichl aus dem Rechen gefischt.

Einen Bruder leicht vergessen wie einen Regenschirm, schrieb er ins Buch.

War keine Hauptfigur, erst später aus dem Dorfsediment gewittert als fertige Ruine.

In der Hitze brütendes Scheißhaus hinten am Haus, ein klassisches Plumpsklo ohne Geheimnis, schwarz grün silber die Fliegen, brunzt übern Rand weg, das hölzerne Sitzbrett rund um das rund ausgeschnittne Loch, jedesmal, könnt einer Sau grausen aber nicht ihm. Knöpft die Hose nicht zu, vor siebzig Jahr ein Kind mit Lachen, Geschrei, hält niemand für möglich. Jetzt Kinderschreck, rasch bei der Hand: wenn du nicht brav bist kommt der Pfandler, grau in grauer Jacke, grauer Hose, der Hut grau, die Schuh, man weiß nicht ob immer schon oder erst mit der Zeit.

Wer kann sich ehrlicherweis den lauen Sommerabend vorstellen, 1937 im Gastgarten beim Hirschenwirt eine frohe Rund bei Bier, Wein, auswärtige Bergsteiger und ein paar Hiesige, im Schweiß des Angesichts mühsam, wie einst treffend vorhergesagt, ihr Brot essend von einem verfluchten Boden worauf Dornen und Gestrüpp mehr als alles andre sprießen.

Feierabend. Wir saßen, erzählt Bacher Hubert, in diesem Wirtshausgarten dort im Eck, die Kastanien waren schlanker, das Gestühl schäbiger, sonst war es wie jetzt (bloß war, aber das zu sagen ist dem Bacher Hubert nicht möglich, das Jahrhundert jünger, mit einiger Verblendung noch als unschuldig anzusehn, oder in diesem vergessnen Tal bisher nur schuldig geworden auf die herkömmliche kleinkarierte Weise, es war also alles wie jetzt, das gleiche Abendlicht, das gleiche Flimmern der warmen Luft zwischen Kastanienblättern, das gleiche Klappern der Gläser und halb verschluckte, verwobne Gewirr der Stimmen; wir bringen nur eine scheinheilige Kopie jener Unschuld zuwege, das Lachen, Trinken und Rülpsen das von Komödianten, die, ihrer Nacktheit gewärtig, ins Gebüsch kriechen, sobald die grobe, ferne Donner- oder Megafonstimme nach ihnen ruft, wo bist du undsoweiter), es war also wie jetzt, eine Gruppe von Sachsen, die zum Klettern gekommen waren, Karneidspitze Nordwand war eine begehrte Felsfahrt, jetzt kennt man sie kaum dem Namen nach, es gibt andre Ziele, Karakorum, Cerro Torre, Mount McKinley. Saßen in froher Rund und sangen vielleicht oder sicher das Lied von Deutschland von der Etsch bis an den Belt, Pfandler Hermann saß wie üblich daneben, stumm, hager, scharfes Gesicht schon damals, aus der Stadt zurück und hatte den Hof übernommen, der Vater krank, der Bruder hatte sich umgebracht, saß in der Runde, stumm, glotzte der Gruber Anna nach, die im Sommer beim Hirschen als Kellnerin aushalf, und das war eben die Geschichte.

Also: geschorne Blondschöpfe, zerschrammte Unterarme, blaue Kriegeraugen der Sachsen, oder waren es Wiener, die am nächsten Tag heimfahren würden und die Erfolge an Karneidspitze und Schönachkopf feierten, wir waren jung, was sich niemand mehr vorstellen kann, die meisten unter der Erd, ins Altersheim verfrachtet, ein Zuhäusl, eine Kammer unter dem Dach. Pfandler mit schwer verliebtem Blick hinter Gruber Anna her, die, selbstverständlich möchte man sagen, von ihm nichts wissen will trotz großem Hof undsoweiter, sondern ihrerseits dem Raffel Lukas nachlauft, dem weichenden Sohn eines Kleinbauern, Hungerleider ohne Zukunft, es sei denn als hingerichteter Widerständler oder Fahnenflüchtiger, der einzige weit und breit abgesehn von dem mit ihm zusammen angeklagten Tanner Sepp; in diesem Teil der Geschichte geht es zu wie in einem allzu

holzschnittartigen Holzschnitt, ich hoffe aber, durch weitere Nachforschungen insbesondre die überlebende Figur des Pfandler differenzierter darstellen zu können.

Jemand hebt das Glas und trinkt auf Anschluß des weichgekochten Österreich an das Deutsche. Die Gendarmen sind weit und die Stimmung, das wissen alle, fordert solchen Spruch. Der deutsche Mensch ist seit kurzem wieder ein hochwertiges Lebewesen dank dem Hitler.

Bacher Hubert zeigt eine Aufnahme, sorglose Gesichter, jugendfrisch zahnbestückte Mäuler aufgerissen, frohgemut bis auf einen, der mit Verbrechervisage in die Kamera stiert, Irrtum des festgehaltnen Augenblicks, der ausgewählten und herausgeschnittnen Hundertstelsekunde, hilflose, zu falscher Wirkung verzogne Grimasse, die ohne das Wunder der Fotografie ungesehn verweht wäre. Pfandler schaut weg, während Raffel in die Kamera, also auf den nachgebornen Betrachter starrt, die Anwesenheit des Rivalen, der hundertmal soviel Besitz hat als er, zermürbt ihn in jedem Moment. Er hat es so schon nicht leicht, wie man leichthin sagt. Er kam auf der Suche nach Arbeit weit herum wie viele seiner Generation, wer weiß, ob er sich nicht durch Betteln, Diebstahl und Schlimmeres, und was wäre das Schlimmere, durchgebracht, aber nein: in dieser Geschichte ist er der Gute; und Anna die Schöne, so weit bei Fronarbeit von klein auf, der dumpfen Bigotterie des Elternhauses die Schönheit nicht in dem

Maß, wie sie aufblüht, sofort vernichtet wird.

An Lukas erinnert keine Tafel, nichts, man redet über ihn nicht gern, auch über Hermann nicht gern oder nur untereinander, Details vergessen, das Ganze nie gewußt. Bestimmte Dinge halten wir sorgsam unter den Teppich gekehrt, wie man sagt, goldgerahmte Bildchen im Kahn den blauen Vergessensfluß hinunter. Mit dieser betörenden Oberfläche wird selbst in Übersee erfolgreich geworben. Neubauten fügen sich harmonisch, das helle Grün, jetzt im Frühsommer in mannigfacher Blüte, als theatralischer Gegensatz finstre Felswände über dunkelweiten Fichtenwäldern; südlich hingegen sanfte, waldlose Formen: der Grenzkamm, insgesamt ein Eindruck, der es mit jeder Dolomitenszenerie aufnehmen kann.

Äußerst verlangsamt, achtzigjährig zirka bewegt die gekrümmte hagere Figur sich auf dem Weg hinter dem Brunner hinaus an Bacher und Sieberer vorbei. Löwenzahn blüht heuer spät, der Schnee ging nicht und nicht weg, zuerst schneit es bis in Jänner nicht, dann im April der Schnee, die Lahnen hauen uns alles zusammen, zwischen grauen Bretterzäunen gegen den Waldrand hin, dürr, krumm, grau, niemanden grüßend, von niemand gegrüßt. Da rennen sie alle Sonntag in die Frühmeß Hochamt Abendmeß Maiandacht Rosenkränz beten flennen bitten und betteln um ein warmes Platzl unterm Sternenmantel des Allmächtigen der euch nicht wärmen wird weils ihn nicht gibt verhöllte Brut werdets

krepiern wie alle und kein Himmel und nichts und
eher noch eine Hölle. Der Holzschnitt verzeichnet
hier einen kaum durchdachten, um nichts weniger
radikalen ländlichen Existentialismus, radikale Gott-
ferne mitten in Gottes Natur. Er sieht schwarze
Punkte, am Abend wird er tot sein schreibt ein Dichter nicht über ihn, es könnte aber zutreffen. Er hat in
seinem Leben nur eine Frau geliebt, wie kann man
sich so versteifen denkt Müller und denkt, ich bin
besser still, sammle die Fakten, enthalte mich vor-
schneller Urteile.

Sie wies ihn ab.

Dort am Bach etwas mit dem Grund hinter Faller
hinauf zum Wald, ein Vorkaufsrecht zirka 1950, ein
Prozeß um den Streifen Wiese, seit zwanzig Jahr
mäht das keiner, alles Stauden, Dornen, im Schweiß
bis du zum Boden zurückkehrst von dem du genommen. Staub und zum Staub zurück aber das Recht
war auf meiner Seite.

Hatte sie fast so weit daß sie Ja gesagt hätt als der
Hungerleider sie sich anlachte und alles zuend.

Oben am Wald bei dem Erlendickicht überm Bach,
die Sitzbank, das Marterle dahinter, einer der in dieser Gegend so seltnen warmen Abende, dreizehn-
hundert Meter über dem Meer.

Die Szene ist nicht überliefert und muß aus zeit-
genössischen Quellen ergänzt werden. Viele Jahre
später kehrte Anna geb. Gruber mit ihrem Mann
nach einer anregenden Abendgesellschaft ins Hotel
zurück. Im Taxi pfeift der Chauffeur zum Radio die

Schlagermelodie »Kann denn Liebe Sünde sein«.
Ein Schwall Erinnrung quillt aus tiefen Kellern. Der
arme Kerl, er hatte mich, glaube ich, wirklich gern.
Wir gingen mitsammen spazieren in der Art, wie sie
es am Land draußen tun. Ich denke: er starb für mich.
Den Mann faßt bei diesem Satz ein unbestimmter
Schreck vor Kräften, die sich seinem Einfluß ent-
ziehn. Die Frau wirft sich weinend aufs Bett, preßt
das Gesicht in die Kissen. Er geht ans Fenster und
starrt nachdenklich und traurig in das Schneegestö-
ber hinaus. Welch kleine Rolle ich in ihrem Leben
gespielt. (Oder besser *armselige Rolle* ?)

Bei meinem zweiten Besuch, es war inzwischen
Herbst geworden, traf ich den Betreffenden wieder
in der Küche an. Er kauerte vor dem Zusatzherd. Es
war klamm, die Luft abgestanden. Er blies in die
Glut, etwas Asche stäubte seitwärts und ihm ins Gesicht, vermengte sich mit den grauen Bartstoppeln,
der grauen Haut zu einem Belag aus Grau. Zunächst
glaubte ich, er habe mich nicht bemerkt, schwerhö-
rig, in Gedanken weit, wenn überhaupt irgendwo,
hoffte, er erschräke nicht zu sehr, wenn er mich sähe.
Er richtete sich mühsam auf und ich bin sicher, daß
er einige Worte zu mir sagte, aber welche, es klang
wie Liebe zu Wörtern Unliebe zu Menschen.

Müller in brauner Lederjacke, mit Aktentasche
wie ein Stromableser, sagt, ich habe gehört, man hat
mir erzählt, daß Sie eine Art Memoiren oder Erinnerungen, das wäre für meine Arbeit ungemein inter-
essant, die Aufschlüsse, die frühere Zeit, die berüh-

renden Details.

Es könnte der Fang sein, der ihn mit einem Schlag vom Außendienst ins ersehnte Archiv befördert.

Es muß doch auch in seinem Leben irgend etwas Schönes, eine Faszination, eine Zärtlichkeit gegeben haben. Oder müssen wir uns mit der Vorstellung von einem Leben als einziger Wüste, als diesseitigem Fegfeuer abfinden. *Und der Bub kam zurück, ich sehe ihn noch durchs Tor gehn, ich fragte ihn, ob er in der Reparaturwerkstatt gewesen sei, er sagte nein, ich habe eine Ente auf dem Fluß gesehn und mit einem Stein nach ihr geworfen, um sie zu fangen. Ich sagte zu ihm du darfst nicht so mit Steinen werfen, glaubst du, das macht der Ente Spaß? Er sagte er sei keine Ente.*

Er richtet sich umständlich auf und sagt zu Müller mit einer Stimme, überraschend hoch, fast kindlich, jetzt brennt sie endlich die Hur.

Sie war der dunkle hochgewachsne rätoromanische Typ, den man oft in den Tälern trifft, zu schön um wahr zu sein, im siebzehnten Jahrhundert ein Verdacht auf Hexerei, im achtzehnten durch die Reformen des Mannes ohne Vorurteil der Folter und dem Scheiterhaufen entgangen, im neunzehnten ausgewandert nach Kanada, Neuseeland, Australien, im zwanzigsten Frau eines Bankbeamten in Bayern, es muß zu der außergewöhnlichen Erscheinung auch ein nicht assimilierbarer Intellekt getreten sein, eine Unbezähmbarkeit, Halsstarrigkeit, die sich dem keinen Widerspruch duldenden Druck der Dorfgemeinschaft widersetzte.

Und dann ging sie weg.

Und er ist geblieben.

Er wird bleiben, bis er stirbt. Er kann sich nicht vorstellen, woanders zu sterben.

Aufzeichnungen, die er als Hauptbuch bezeichnet, er will den Titel nicht verraten, bevor es nicht fertig ist, über dem Geheimnis brütend, menschenscheu, blinde Eule.

Seit es den Supermarkt gibt, kann er im Ort einkaufen. Bei Mühlbacher gab man ihm nicht einmal eine Schachtel Zünder. Er verscheucht die Fremden. Es gibt keine Handhabe, rechtliche Mittel, Enteignen, Vergiften, jahrelang durch Instanzen gequält, sinnlos kopft der Gemeinderat, der Fremdenverkehrsverband detto, er hat einen gerissnen Anwalt, alles wurde versucht, er lacht uns aus, am End gehört der Hof einem Dahergelaufnen wie diesem Müller durch einen Trick. Da sei das Höfegesetz vor, die Grundverkehrsbehörde. So weit ist es noch nicht daß ein jeder. Der Anwalt hat sich einen goldnen Arsch verdient oder sagt man Kopf.

Und hockt schräg hinter seine Fenster und glotzt in seine Spiegelen, wer auf der Straßen vorbeigeht.

28. Jänner 44 holten sie Lukas, in Strumpfsocken durch den Schnee im Morgengrauen die schmale Figur des weichenden Sohnes die Kirchgasse herunter, Maurer Kathl sah es mit eignen Augen, war schon auf, mußte melken, drückte sich am Stallfenster die Nase flach, das Auto war am Dorfplatz

abgestellt wegen dem vielen Schnee, ein Schädling des Volkes, wie man sich ausdrückte, heut urteilt man oft vorschnell. Zwischen zwei Zivilisten gebunden die Gasse herunter, ins Auto, in die Stadt, vor Gericht, den Kopf ab war alles eins, Kathl vom Melkschemel aufgesprungen, unter der Kuh heraus, die Nase an die Stallfensterscheibe gedrückt, wir waren eine Schicksalsgemeinschaft, aus der man sich nicht wegstiehlt, nur in den Tod. Jemand, Kastner oder Priess, hat hier am Rand notiert, Unaktuell drei Rufezeichen, halten Sie sich an die Ihnen gestellte Aufgabe zwei Rufezeichen. Wenn Sie so weitermachen, bleibt Ihnen ein weiteres Jahr Außendienst kaum erspart.

Alle drei Monate mit dem Zettel ERLEDIGEN in die Stadt, den Rucksack von anno Schnee auf dem Buckel.

Im Gegensatz zu seinem Verhalten beim ersten Besuch zeigte der Betreffende sich umgänglich. Er bot mir einen Stuhl an und einen Schnaps, welchen ich annahm.

Maurer Kathl, zu ihrer Zeit die beste Beerenbrokkerin, mußte jeden Sommer in die Beeren statt aufs Feld, solang bis das Geld für eine Kuh beisammen war, zuerst Moosbeer, dann Granten bis weit in den Herbst. Sie geht krumm, vierzig Jahr ist es her, jedes Jahr krummer, längst keine Landwirtschaft mehr die Kinder alle in die Stadt. Die Beerenfolter wird nie vergessen werden.

Hätten statt Fallers Hansele besser Hermann ins

48

Gelbe Häusl gesteckt, diese neuen Medikamente wirken oft Wunder.

Gleich 45 beim Zusammenbruch hätt man ihn derschlagen sollen, wo kein Recht und Gesetz war, wieviel muß noch passiern, bis ihm das Gas abgedreht wird. Heutzutag ist der Bauer der letzte Dreck, sein wir uns ehrlich, am End geht ein solcher mit einem Minderbemittelten Hand in Hand am hellen Tag durchs Dorf spaziern, ein zartes Knäblein, Dauergast in Hall, aufgeschwemmt und verblödet von den Sachen, die sie ihm spritzen, gestreifter Pyjama, die Suppe unendlich langsam zum Mund und dennoch verschüttet, das meiste rächt sich auf Erden aber am Falschen.

Nie werden sie merken, krakelt er mit Spinnwebschrift für die Nachwelt rechts bis zur ersten vertikalen Linie, wo die Beträge hingeschrieben werden, Weltgeschichte aus der Perspektive des allgemeinen Hirschenwirts und der schönen Anna, auf vergilbte, bald zu Staub zerfallende Seiten, greisenhaft kichernd, reif fürs Asyl, Tintenblei altmodisch mit der Zunge befeuchtet, brunzt jedesmal übern Rand, darin gleichen sich Kinder und Alte, das Wasser nicht halten können, die Welt wird schlecht, Müller. Er könnte sich zum Seichen setzen, so weit sind wir noch nicht, äußert er ungefragt zu Müller, der etwas erschrickt über solche Mitteilung privaten Charakters, für die kein Bedarf, weder im Archiv noch in Abteilung drei.

Dessen Nase sich an den Geruch im Haus Steinbach Nr. 43 allmählich gewöhnt. Es ist der dritte Besuch, Ende Juli vor dem Wettersturz wurde die Hitze unerträglich auch hier im Gebirg, Fluigenschiß ranziger Speck Würmer im Käs Brot steinhart Rotz in grauwollne Ärmel geschmiert borstig graue Haut zwischen Oberlippe und Nase entzündet graue molkefarbne Schatten unter den Backenknochen, ranziger gelber Saft, das Augenlicht schwindet, die Linse trübt sich, eine Erbkrankheit, Sünden der Väter, des Vaters, der ganze Körper geht aus dem Leim, dazu ein Geschwür am Zwölffingerdarm, doch der Geist bleibt hell, eitrige eingewachsne Zehennägel, krumm, langsam mit der Petroleumlampe in den Keller, Triebe wachsen hoch und blaß aus dem Haufen, Nachtschatten, Tollkirsch und Bilsenkraut, nichts da, kein Zauber, den Winter überstehn ist alles, Lampe an den Nagel bei der Tür, wo sie immer hängt, sich hinhängen hätten sie gern, verwest, bis sie ihn finden, geht wochenlang keinem ab, jeder froh, ihn nicht zu sehn, wie alt wird er gewesen sein, Anfang Mitte achtzig schätzungsweis, bleibt in dem kalten Gewölb gut erhalten, Mumie seitlich gerollt auf dem Haufen zwischen aufgeschossnen grünlichbleichen Mondgewächsen, rote Augen aufgerissen auf immer, Gruber Anna noch im Krieg aus dem Dorf weg, nie wiedergesehn, nichts mehr gehört, nach Deutschland hinaus geheiratet, in der Julihitz vor den Tagen des Unheils auf dem Schotterweg hinüber gegen den Wald, die vom letzten Wetter zernagten Lehmhaufen vor Sieberers

Rohbau, wenn ihm das nicht den Hals bricht, sagt einer von zwei Vorübergehenden im Vorbeigehn zum andren, sie bemerken den an einem Zaunpfosten Lehnenden nicht: als wär er nicht hier, längst tot, sein eignes Gespenst, für die Welt unsichtbar, den eignen Tod vergessen, nicht bemerkt, in der Sommerschwüle, der Heuluft an den Pfosten gekrallt, sieht goldne Punkte übers Feld rasen, gelbe Sonnen, vielleicht bin ich bald hin wie von allen gewünscht schreibt er halbblind in zollgroßen Lettern seinem Anwalt, vielleicht bin ich längst hin, während das Pack mich ignoriert, in meinem Bett verreckt, auf dem Kohlenhaufen, auf dem Mist krumm und schwarz, Pharao mit offner Hosenlade,

über den Stock gebeugt in der Vorgewitterhitze staubschluckend zwischen den Wiesen, am Bretterzaun, neben dem Weg im Unkraut Brennesseln im Gesicht nicht mehr spürend Prügel übern Kopf macht keinen Unterschied nur der Erbschleicher wird sich grämen hat ihn nicht rechtzeitig herumgekriegt. Wo wir endlich ein paar Fremde im Tal haben soll ein Frieden sein. In der prallen Sonne am Wegrain Gesicht in die Disteln die Händ um den Stock gekrallt sie mußten die Finger brechen einen Sack übern Kopf kopfvoraus und das letztemal die Anna das letztemal mit dem Hansele das Hotel zwei Jahr im Rohbau bricht dem Sieberer das Genick zuerst eine Runsen im Hohlweg dann kommt der ganze Hang daher die Gasse herunter in Strümpfen durch den Schnee das Gesicht der Maurer Kathl in der Stalltür zwischen zwei Uniformen im Morgengrauen nach Bayern geheiratet gelb und grau in der Hitz das Gesicht in die Brennesseln einen Sack übern Kopf und ein paar Zwazler bewußtlos und bald liegt er ruhig und fertig.

CREW

1

DAS BÜRO IN dezenten Farben, speibeige, kotbraun, rotzgrün, der Blick über Dächer und zurück zum Oberkörper des Chefs: grau, ohne Vorsprünge, das Glück des Tüchtigen als mattschimmernde Paste gleichmäßig an sichtbaren Teilen aufgetragen.

Dagegen das Antlitz sehenswürdig, rundrot, faltenreich, Herzinfarktkandidat. Priess, der Chef, bietet klebrigen Likör. Nur ein Glas Wasser, sagt Müller. Das Image verbietet, nein die Dienstvorschrift verbietet gelben Alkohol bei Tageslicht. Wie ist der werte Bizeps, wie die Schrecksekunde, das Schulterhalfter. Das war eine andre Zeit. Wir arbeiten unmerklich. Das Material ist jene Art Information, die man mit Gewalt nicht bekommt. Unsre Macht sind Stimmungen, Launen, Ausbrüche, unbedachte Äußerungen der Beobachteten, die sich für Subjekte halten (die Beobachter haben solche Allüren längst abgelegt), in einer Sekunde kommt die ganze Wahrheit ans Licht und diese Sekunde, lieber Müller, gilt es festzuhalten.

Müller weiß das alles längst, nickt interessiert, wirft an richtigen Stellen richtige kleine Wörter ein.

54

Der Gegenstand, fährt Priess fort, ist ALLES. Berichten Sie in einfachen Sätzen. Überschätzen Sie Ihre eigne Bedeutung nicht; sie könnte sich als gering erweisen.

Ich weiß, sagt Müller demütig, wir sind nichts als Stenografen.

Wir lassen das, fährt Priess fort, wie das meiste, noch offen. Die Perspektive nicht Voraussetzung, sondern Ergebnis.

Priess kippt das zweite Gläschen Gelb. Sie nehmen diesmal Ihre Freundin mit; für die Tarnung als Urlaubsreisende günstig; Paare fallen weniger auf. Sie haben keine. In Ihrem Alter hatte ich drei zugleich. Der Gelbtrinker spricht in ein Gerät: verständigen Sie bitte Collioni, Auftrag Meierbach, danke. Zu Müller: Sie kennen sie nicht; umso besser.

Der Blick schweift. Müller dreht auf dem Drehsessel in winzigen Rucken nach rechts, nach links.

Terrorismus, Tschernobyl, Dollarverfall und die negative Propaganda der ausländischen Medien haben uns schwer geschadet, liest er auf einem Zirkular, das in mehreren Exemplaren den Konferenztisch deckt, an dessen einem Mahagoniende sie beisammensitzen.

Der Blick schweift durch große Fensterscheiben über Dächer auf Berge, an denen die Erosion seit der Hebung im Tertiär Beachtliches geleistet.

Die Landwirtschaft hingegen, fährt Priess fort, sein Tun und Sprechen kann unbeirrt genannt werden, ist ein hoch emotionaler Bereich. Mit den alten

Analysemethoden kommen wir nicht weiter.

Was ist anders geworden seit? Befund: der Gast bleibt aus, nicht in großem Stil, kaum merklich, dennoch eine gewisse Ermüdung, ein Altern. Damit beginnen. Ist das Fundament morsch, das heißt unsre Wirklichkeit, unser Begriff davon, wir brauchen eine neue, also einen neuen Begriff davon, und Sie, Müller.

Müller nickt, schweigt, wichtig. Der Verantwortung bewußt.

Der Tüchtige kippt das unwiderruflich letzte Glas Gelb, sagt er zu sich, befiehlt er sich in seinem Innern, jedenfalls bis Müller gegangen sein wird, und fährt fort, letztlich eine philosophische Fragestellung, wer sind wir? Du kannst dich nur gut verkaufen, wenn du das weißt, glaubst zu wissen. Die dort scheinen es nicht mehr zu wissen. Wer nicht mehr weiß, denkt nach, wer nachdenkt, zieht beim Duell zu langsam, verliert. Was wir wieder brauchen, ist der vorurteilslose Blick. Sie sind unser Objektiv. Sie und Collioni. Ich weiß, eine schwierige Aufgabe.

Müller unterdrückt das Gähnen. Zu sich: ich brauche den Job. Er nickt. Der Blick schweift nach West, Süd, an der Ostwand des Konferenzraums hängt ein Kunstwerk. Auf zwei mal drei Meter schwarzer Leinwand ist ein Orgasmus in Orange, Rot und Grün in heftiger Kalligrafie verewigt. Es ist absurd, einen Orgasmus verewigen zu wollen, dennoch versuchen es viele, und stets von neuem. An der zweiten fensterlosen Wand hängt eine Reihe Fotos in brillanten

Farben, Menschen strahlen darauf, während sie den Sport betreiben, der sie so glücklich macht. Die Gebisse sind weiß, die Hautpartien braun, zum Zerreißen gespannt. Darunter auf einem Bord nebeneinander drei depressive Zimmerpflanzen mit dunkel-wächsernen Blättern. Der Tüchtige dröhnt Müller mit einigen Sätzen von hart, gerecht, erlebnisreich, Erfolg, erfüllt, weit gebracht die Ohren voll, Müller hört nicht hin, nickt, lächelt süßlich. Das Klima in der Chefetage ist rauh, herzhaft, es ist die oberste Schublade, höher wird es nicht. Einer wie Müller (Außendienst, früher in der Crew, jetzt Sonderaufgaben) kann von dieser Etage bloß träumen, er geht hin, Kommandos entgegenzunehmen.

Wo bleibt der Optimismus, fragt Priess rhetorisch. Müller ist im Moment überfragt, blickt um sich und findet keine Antwort, die bereitliegt. Wir müssen das Echte fördern, gibt Priess die Antwort selbst. Die Nachfrage kann täglich, stündlich wechseln. Das Angebot hingegen ist an Landschaft, Wetter, Währung, Sprache, Unterbringung, Küche, Komfort undsoweiter gebunden und nur teilweise und langfristig änderbar. Dieser Satz steht wörtlich so im Zirkular, Müller liest ihn mit, während Priess ihn äußert.

2

KASTNER: DIE SPRACHE ist nicht wichtig. Achten Sie auf die Zeit; die Fließgeschwindigkeit, die sich laufend ändert, bestimmen, das ist das wichtigste.

Müller nickt. Er kennt das. Seit einiger Zeit ist die Zeit für die Abteilung Römischdrei zur Obsession geworden. Andre Koordinaten führen ein stark vernachlässigtes Dasein.

Arbeiten Sie über die Zeit-Geld-Diagonale. Sie kennen den Ansatz: ich bin einsam, mein Leben hat keinen Sinn mehr, gerade weil ich genug Geld habe, einen guten Job, zum erstenmal im Leben sorgenfrei undsoweiter, die alte Leier. Ein Beruf, aber keine Berufung, leider!

Diese Floskeln wirken oft Wunder.

Collionis Fähigkeit, pures Hochdeutsch zu sprechen, wird kein Nachteil sein. Die Eingebornen werden auf Distanz gehn, ein wenig schrumpfen.

Langeweile ist wichtiger als Landschaft. Eine Langeweile von seltner Reinheit erwartet Sie im Innern unsrer Gebirge, wie Sie sie sonst nur noch in einigen schweizer und tibetanischen Hochtälern finden.

Das Lager dreht sich zu langsam.

Kastner, ausrangiertes Universitätsmaterial, als wissenschaftlicher Beamter in die Verwaltung übernommen, einst glanzvoller, jetzt schwammig gewordner Teil des Geisteslebens. Gerichtlich beeideter Sachverständiger für Scherz, Satire, Ironie, nie ohne tiefre Bedeutung. Mischte in den siebziger Jahren überall mit, wo blauer Rauch aufstieg. Ein listenreicher, aus den Bergen heruntergestiegner schwatzhafter, verräterischer König Laurin, seit er Vizechef von Römischdrei ist, verblödet er, geht auseinander, Quallenvisage, verwester Säugling, wiener Weihbischof. Jammert während der Mahlzeit, Arbeitsessen auf Kosten von Römischdrei, ausführlich über Gasser, den er als Virus im Kommunikationsnetz der Agentur bezeichnet.

Gasser aus der Bibliothek, fragt Müller.

Eben der. Sein letztes Dossier eine Katastrophe. Leider habe ich das in meinem Gutachten für CREW-INFO deutlich zum Ausdruck bringen müssen. Wobei ich ihm durchaus wünsche, daß ihm daraus keine beruflichen Nachteile.

Müller bei sich: über den Winter wird er sich retten, Schneeschaufler werden immer gebraucht.

Collioni am Monitor notiert: neigt zu Absenzen, niedrige Aufmerksamkeitswerte.

Kastner: leider hat Gasser immer mehr nachgelassen. Sein Witz, seine Ironie, sein Sarkasmus — auch wenn er sich manchmal gegen meine Person richtete, habe ich das immer gewürdigt und auch der Direktion in Römischeins gegenüber herausgestrichen.

Müller: ich weiß. Gießt Radenska in Grauvernatsch. Man sollte Kastner von der nächsten Brücke stoßen. Immerhin kann ich Gasser meine Wohnung anbieten, während ich in Meierbach bin. Er gießt Kastner das Glas voll, wenn dieser es halb geleert hat. Wenigstens im Bereich Leberwerte dem Kretin eins auswischen.

Kastner fährt fort. Gassers Bericht ist nichts als ein Gewirr von zufälligen Assoziationen zu allen möglichen Themen, Transitverkehr, politische Kultur, Literatur, Bergsteigerwahn, Ordensgier, andres mehr, von denen keins je irgendwie genau gefaßt wird. Satirisch soll es wohl sein, aber wehtun soll es auch niemandem. Satire ins Blaue hinein, das letzte, was wir hier brauchen können. Weder Figuren noch Strukturen sind zu erkennen. Zeit! Paar literarische Echos sind hör-, aber in ihrer Funktion undurchschaubar. Endlose Wiederholung von Fäkalwörtern macht das Kraut nicht fett. Ich sage nur: Zehendreck!

Müller schreckt aus einem Gedankenschweif hoch, der ihn ein Stück weggeführt hat. Er ist für Arbeitsessen mit Chefs zu alt. Wird selber kein Chef mehr. Nichts als Ekel, dieses leise, den ganzen Körper urplötzlich füllende Gift.

Collioni, am Monitor, notiert.

Zehendreck?

Jawohl, Zehendreck, wiederholt Kastner triumphierend, als hätte er einen Internatszögling beim Onanieren erwischt. Vielleicht hätte ich in meiner Pubertät darüber gelacht, damals hätte ich vielleicht am häufigen Gebrauch von kotzen, Eier, Scheiße, vögeln Freude gefunden.

Jetzt finden Sie am Vögeln keine Freude mehr, sagt Müller.

Collioni, am Monitor, notiert.

Nun an Kastner, irritiert zu schauen. Müller liegt nichts an kastnerscher Irritation, steht auf, um pissen zu gehn und zugleich die Lage zu entspannen. Das Wort pissen, urinieren ist nicht besser. Während der Rezension hat sich die Blase prall gefüllt. Vermaledeiter Kastner. Letztes Jahr kapierte er den Bericht über die Bombenleger nicht und verhinderte dessen Aufnahme in CREWINFO, die Folgen kennen wir mittlerweile. Kann nichts dafür. Zu lang auf der Germanistik. Wir sind selber schuld, wenn wir uns im Außendienst die Eier abfrieren, während die Kerle gemächlich ihre beheizten Büros vollstinken.

Müller pißt.

Eine der kleinen Befriedigungen, die das Leben doch auf Lager hat. Hell prasselt die erwärmte Radenska-Grauvernatsch-Mischung ins Becken, hilft einen weichen Zigarettenstummel völlig auflösen, schwemmt die Krümel Richtung Schwarzes Meer und bildet kurzlebige Blasen. Die Fliesen reflektieren fleißig das Neonlicht von hinten, unten, oben, seitlich, in aller Welt pissen und scheißen sie grade, in Kabinen, Kämmerchen, Zellen, im Wald, hinter Büschen, Bäumen, in Parks, auf Gassen und Straßen prasselts lustig gegen morsche Wände, ununterbrochner Strom aus Urzeiten bis ans Ende der Welt. Schön!

Hinaus. Blick in den Spiegel. Haar glätten, patenten innendienstreifen Crewmann mimen. Grimassen zur Lockerung der beim Anhören kastnerscher Reden erstarrten Züge.

Hinaus. Wohlbefinden, relativ. Kastner streicht die Wampe, die an Variablen Grießnockerlsuppe, Cordon bleu, gemischten Salat, Pommes frites nicht zu knapp und einen ansehnlichen Apfelstrudel zusammen mit grob geschätzt einem Liter Grauvernatsch enthält, der das ganze auflockert, zugleich zusammenhält. Dieses Aas entscheidet über Wert/ Unwert meiner Berichte. Muß netter zu ihm sein, viel netter. Wann kann ich mich endlich in der Zentrale zur Ruhe setzen wie all die Arschkriecher.

Tja mein lieber Müller: ich seh Ihrem Dossier Meierbach mit dem allergrößten Interesse entgegen.

Das letzte, Steinbach, Pfandler Hermann, mußten wir ja leider umschreiben lassen von Frau Weiss.

Müller knirscht, schweigt, nickt.

Naturgemäß ist mein Interesse an Ihrem Fortkommen das Ungebrochenste. Ihre eigentlich doch unnötigen, das wesentliche verschleiernden Experimente mit der Perspektive, dem Personal, der Zeitstruktur werden Sie sich hoffentlich abgeschminkt haben. Sie wollen die Dinge nicht unnötig, künstlich komplizieren? Das nützt keinem, am wenigsten Ihnen. Frau Weiss hat mit dem Dossier Giovanelli selber genug zutun. Wir alle wissen, daß die Wirklichkeit eine komplexe Angelegenheit ist, das ist unsre Arbeit, das müssen Sie nicht in jeder Zeile extra herausstreichen. Sie verstehn.

Verstehe.

Passen Sie auf Zach auf, den alten Bürgermeister. Priess wird Ihnen gesagt haben. Die Direktion hat kein Interesse an dieser Art Schmutzwäsche.

3

DIE TORE DER Liebe und des Hasses standen weit offen.

Hereinspaziert!

Es sind noch Plätze frei.

4

DIE LANDSCHAFT FLOG mit 100 km/h vorbei, blieb aber intakt. Müller steckte das Diktafon weg. Collioni räkelte sich. Müller dachte etwas für Abschnitt 2.

Der Ausschuß weiß nichts von ihrem Kommen.

Wir befinden uns im November, der schönsten Zwischensaison, einem latent christlichen Monat. Auf dem Bildschirm in der Zentrale sind Müller/ Collioni ein oranges Pünktchen, das sich langsam über ein grünes Feld bewegt. Geschickt vermeidet es Hindernisse.

Die Gegend verlangsamte sich bis auf das Tempo eines gewöhnlichen Sessellifts, man könnte jederzeit aussteigen. Collioni gähnte. Sie hatte sich einen Winter in der Stadt erhofft. Daraus wird nichts.

1976 betrug der Stundenlohn eines Bauern in

extremer Berglage 16,02 öS, d. i. 35% des durch-
schnittlichen Industriearbeiterlohns. Warum geht er
nicht weg, denkt C.

Der Zufahrtsweg zur »Höll« führt von der Ortsmit-
te genau ostwärts in Kehren durch steilen Fichten-
wald zur Waldgrenze. Dort Almhütte »Stier-Alm«,
1840 m, mit Jausenstation, keine Übernachtung.

Der eigentliche Zugang nicht gekennzeichnet.

Fußmärsche vor Wintereinbruch.

Die Gipfelregion bereits verschneit.

Brav wie ein Ochse frißt Müllers VW-Golf die Ki-
lometer. Zwischen Außerdorf und Haslach der übliche Stau. Die Abzweigung nach Kaunz bleibt hinter
ihnen. Die Aussicht auf den Winter in Meierbach
ließ Collioni sich fühlen wie eine Schildkröte, die
auf dem Rücken liegt. Müller flüsterte dem Diktafon
zu, während sie am Bahnübergang warteten: »Wie
soll man erzählen ohne Küche, ohne Schminke,
ohne ein Augenzwinkern zum Leser hin?«

Sie kennen sich eine Woche. Er hat viele Daten im
Kopf und in seinen Dossiers, was ihm fehlt, ist die
Kraft, sie zu verknüpfen.

Er hatte vom Leben in der Crew erzählt: die Sat-
telschlepper, die Eisenbahntransporte, die gehei-
men, laufend veränderten Routen, die Probleme mit
dem sogenannten Privatleben. Sie durften über die
Eigentliche Arbeit nicht sprechen; jeder mußte eine
andre Geschichte über sich erfinden. Im Dienst
probten sie gemeinsam, Seemannsgarn (bessergе-
sagt die neuzeitliche Kunstfaser der Raketenfahrer

oder -bediener) über endlose schnurgerade Auto-
bahnkilometer gespult. Wegen der Umweltheinis
war die Tarnung mit TRASPORTOLATTE unmöglich
geworden, sie mußten auf die Eisenbahn zurück-
greifen, die mit ihrer unbeweglichen bürokratischen
Struktur die Arbeit nicht grade erleichterte.

Collioni hielt die ganze Geschichte für erfunden,
vor eine plausiblere und daher geheimzuhaltende
geschoben, zusehr widersprach sie der offiziellen
Lesart von der souveränen, immerwährend neutra-
len Republik. Andrerseits war es völlig logisch, daß
man im stillen seine Verteidigung, die das Bundes-
heer nicht bewerkstelligen könnte, von der NATO
mitorganisieren ließ, von dort war bekannt, daß das
laufende Verlegen der Raktenbasen mit allem Zube-
hör, insbesondre den Sprengköpfen, eine hochspe-
zialisierte Expertentruppe erforderte, die zwischen
Heer und Geheimdienst, von beiden argwöhnisch
beäugt, in eigenen kleinen, als Wirtschaftsbetriebe
aller Art getarnten Organisationen ein der Welt
unsichtbares Leben führte.

Müllers Gesicht ist schwer zu merken. Er ist nicht
unsympathisch, versuchte sie Grete am Abend vor
der Abreise zu erklären, aber die jahrelange Heim-
lichtuerei hat einen schwer beschreiblichen, absto-
ßenden Zug hineingebracht.

Du mußt ja nicht mit ihm schlafen, sagte Grete.

Das nicht, aber. Außerdem kann es sich ergeben,
wenn man für vier Monate gemeinsam in graue
Randzonen verbannt wird. Bei den meisten braucht

es weniger als das.

Bald sind wir da, sagte Müller.

Collioni brummte Undeutliches.

Die lange Gerade vor Meierbach, rechts der schmale Streifen Au neben der Ache, im herbstlich goldnen Geäst irren Sonnenstrahlen auf der Suche nach einem Prosakünstler, der sie für seine Kunst brauchen kann, links der weite Talboden, hinter tickenden Elektrozäunen weidet ruhig das Fleckvieh. Fladen dampfen in der Morgenluft. Müller stieg aufs Gas. Ein Jahr sollte die Schüssel noch halten.

Kohlen- und Holzrauch aus den Kaminen legt sich als Schleier über das Tal. Weiter vorn, den Talkessel nach Süden abschließend (Meierbach noch unsichtbar), das weltberühmte Panorama mit mehreren Fels- und Eisriesen, Höhen bis 3400 m über dem Meer bei Triest.

Die Talhänge im diesigen Licht grau, bläulich. Wälder, darin verstreute Bauernhöfe, breite, wettergegerbte Holzhäuser, geschnitztes Giebelwerk, das seit Jahrhunderten Nacht für Nacht die Dämonen auf Distanz hält.

Bald sind wir da, sagte Collioni. Hübsch haben die es hier.

Der spitze Turm der Pfarrkirche taucht hinter einer Straßenbiegung auf.

Collioni streicht durch das schwarze Kurzhaar, sagt, Gstier würde sich hier wohlfühlen. Gstier war ein Jahr lang ihr Chef in Römischvier/c, wo an der Jodler-Enzyklopädie gearbeitet wird.

Lachen Sie nicht.

Wir sind per du.

Ab heut abend dachte ich.

Vorher war sie Sekretärin in der Straßenverwaltung gewesen, strebte seit je nach höherem. Die phänomenal dunkelblauen Augen, denkt Müller, haben ihren Aufstieg beschleunigt.

Vermutung: Kastner garnierte sich gern mit ihr auf Empfängen. Zum Dank für dekorative Dienste zog er einige Fäden für sie.

Müller vermutet, daß Kastner nicht vögeln wollte, bloß einen solchen Eindruck bei andren hervorrufen. Das genügt ihm, wird gesagt. Kastners Sexualität ist unendlicher Gesprächsstoff, unauflösbar enigmatisch für die Belegschaft. Eine beliebte Theorie betrifft Knaben zwischen sieben und elf. Was ist mit den leeren Stellen in Kastners Zeitplan, wenn er nach Wien fährt. Eine Vermutung betrifft S/M-Etablissements. Kathrin Weiss, die unfreiwillige Bearbeiterin von Müllers Steinbach-Dossier und Hobby-Physiognomikerin, meint, das einzige, was aus Kastners Gesicht zu lesen sei, sei die mit fast sechzig Jahren noch nicht erfolgte Ablösung von der Mutter. Was man im übrigen wisse.

Sonst: leer.

Müller interpretiert Kastner im Sinne von Totalsublimation: Fressen, Saufen, Macht, aber abstrakte, die ohne Berührung von Körpern funktioniert, dies alles im eignen Körper zu Fett verwandelt, gesammelt, gehortet. Das schläfrige Murmeln der Macht, so hatte Gasser ihn kommentiert, als er ihnen auf dem Weg zur Kantine entgegengekommen war.

Also Eva C. als Fassadenpflegerin des kastnerschen Image.

Oder Eva C. tatsächlich unter der Masse Kastner halb erdrückt, stöhnender, endlich ejakulierender Koloß, schwitzend, sabbernd über der kühl Neben- und Folgekosten des Karriereschubs abwägenden C.

Oder Priess höchstpersönlich, Priess mit seiner glücklichen Ehe und seinem Arbeitsethos, »Schnürsenkel wird man immer brauchen«, das heißt diese Art Aufklärungsarbeit, *Intelligence Work* wird man immer brauchen, wird jemand immer brauchen, Priess also in die Gegensprechanlage japsend, ich hab zu tun, während C. ihm das Glied leckt, was für eine weit hergeholte Vorstellung, jedoch hat Müller in seinem Leben erfahren, daß die Wirklichkeit den Erfindungen stets weit vorauseilt, wenn es darum geht, möglichst unglaubwürdig oder kitschig oder stereotyp zu sein.

Wie auch immer, selbst bei so fantastischen Farbklängen wie diesem Ultramarin der Augen und Bakelitschwarz des Haars haben die Chefs vor das Archiv den Außendienst gesetzt.

Dazu mit jemand wie Müller, denkt sie. Er redet sehr wenig und bevorzugt Gemeinplätze. Will gleich per du sein. Was er sonst noch will ist leicht zu merken. Übliche Asymmetrie der Begierde. Er begehrt nicht sie, sondern ihr Bild. Ein weites Feld, darüber ein andermal.

Müller, hat Kastner sie gewarnt, sei infolge Fehlverhalten gegenüber der Direktion schon zweimal in den Außendienst zurückversetzt worden.

Im einzigen Gasthaus in Boden ist kein Mittagessen zu bekommen, weil grade ein Begräbnis stattfindet. Der junge Wirt kommt aus der Bezirksstadt zurück. Er war auf der BH, man hat ihn angezeigt, er hat ein paar Jugo schwarz arbeiten lassen, was soll er tun? Bewilligt werden sie ihm nicht, Einheimische findet er für die Dreckarbeit keine, also. Und dann zeigt jemand ihn an. Jemand erklärt ihm, daß seine Interessensvertretung schwach ist. So ein Betrieb, sagt er, ist kein Kinderspiel, dazu die Landwirtschaft und das E-Werk, das er seit heuer in Betrieb hat. Jula und Miedl sitzen bei ihrem Kaffee. Draußen geht der Helmut vorbei und die Jula sagt des isch Helmut den muaß i nachher no bsuachn.

Die Kellnerin sagt etwas Kaltes können Sie haben. Müller und Collioni essen etwas Kaltes still im kalten Eck der kleinen Gaststube, die große wird für den Leichenschmaus hergerichtet.

Da isch die Gewerkschaft dahinter, sagt der Wirt. Was soll er tuan. A Schrieb was er aufgesetzt hat. Die Saison war nit gor so. Die Leute muaß man decht do hom. Es isch koa Mensch do zum Ospialn.

Dann sprechen sie über den Verstorbnen.

Er werd schon obaschaugn.

De ham alle gnuag von der Welt, de da weggian.

Glaubsch du sowas.

Ja der Geischt werd schon irgendwia.

Die Mannder. (Sie hat niemanden.)
De wern oft ganz andersch wenn sie alt hen.
Helmut tritt ein.
I kennen schon aber mi kennt er nit.
Julan.
I kimm weder hoam weder do eina.

5

DIE GEGEND UM Meierbach wird zurecht als schön
bezeichnet.

Harmonisch schwingen die fädig erstarrten Wel-
len der Hochspannungsleitungen über die Höhn. Die
vier hinteren Täler, die von Meierbach ausgehn, füllt
je eine mächtige Talsperre. Megawatt knistern ins
Land hinaus.

Der Ort blüht. Der junge Zach konnte die Hollän-
der zur Aufgabe ihres Boykotts bewegen. Auf einen
Bewohner fallen fünfzehn Betten. Alles drängt in
die oberen Kategorien.

Manchmal stürzt ein Hochspannungsmast. In den
Herbststürmen gehn Meßdaten verloren. Manchmal
vernichtet eine Lawine Menschenwerk in Bausch
und Bogen.

Sie sollten die Talsperre Grimmbach nicht außer
acht lassen, die voriges Jahr fertiggestellt wurde und
sich jetzt erstmals füllt.

Es wird von einem Riß in der Staumauer gemunkelt, 300 Sekundenliter Austritt.

Reporter umschleichen katastrofengeil den Ort.

Die Crew soll verstärkt worden sein.

Müller soll sich raushalten.

Diese technischen Vorkommnisse beeinflussen die Hauptkurve doch ziemlich stark. Längst wurden die entsprechenden Grenzwerte erhöht, doch wieder setzt die Hauptkurve den Ellbogen auf die Nullkoordinate.

Die Hauptkurve können sie mir nicht verschweigen, sagt Müller erregt zum örtlichen Repräsentanten, der ebenso wie der Bürgermeister Florian Zach heißt. »Wir sind aber nicht verwandt.«

Schließlich sind in meiner Kompetenz: soziale Grammatik, Durchforstung des Vokabulars auf Sinnverluste, Metrifikation des Erholungsverhaltens, Straffung des Regelwerks, Transformation der Selbsteinschätzung und einiges mehr. Reorganisation des Realitätsbegriffs und der Grundmaterialien. Die Störzonen im Raum Meierbach wachsen schnell, ein Kahlschlag im kollektiven Bewußtsein, Waldsterben der Begriffe. Besonders starke und irreguläre Störungen um die kleinen Siedlungen in den hinteren Tälern, deren Ursachen nicht mit Abwanderung, Pendlerdasein, der unbedankten Bergbauernexistenz abgetan werden können.

Florian Zach II hört sich das an, räuspert sich mürrisch.

Zumindest, fährt Müller fort, muß bis in drei, vier

Jahren die Hauptkurve stabilisiert sein, sonst kippt uns die Balance insgesamt, Sie wissen was das heißt.

Das Summen und Brummen, diese sogenannte INTUITION der Alternativen hat uns nicht weitergebracht, im Gegenteil, einige Frequenzen sind völlig unbrauchbar geworden, sozusagen verschmiert, diese Betroffenheitsinterferenzen.

Zach II gibt Müller eine Aufstellung »Anhaltspunkte für den Einsatz im Raum Mb.«

Der Riß in der Staumauer ist ein rein technisches Vorkommnis, keine Gefahr für die Ortschaften.

Die Crew ist im Bild.

Im Ort selbst zwei Störungszentren, die Bar Piccolo und, seltsamerweise, das Pfarramt. Piccolo gehört dem jungen Zach (I).

Das Pfarramt ist ein Problem für sich. Früher stark positive Wertigkeiten sind ins Negative gekippt, die überall auf den Bildschirmen sprießenden Minuszeichen werden ignoriert.

6

UNTER »LENGAU« FINDET sich ein kurzer Text, mit Kugelschreiber von ungelenker Hand geschrieben, mehrfach in verschiednen Schriften korrigiert. Die blutigen Leintücher werden angeblich vom Personal des Lengauer Hofs (vier Sterne) ständig übersehn.

Die Zimmermädchen behaupten unisono, daß, wie es selbstverständlich sei, sämtliche Leintücher jeden Morgen gewechselt würden. Selbst als das gesamte Personal erneuert worden war, fanden die Gäste abends, als sie müde und schlafbedürftig in ihre Zimmer zurückkehrten, beim Aufschlagen der Bettdecken große verschmierte Blutflecken in ihren Leintüchern, die am Morgen nicht vorhanden gewesen waren.

Einige der Flecken erwiesen sich beim Waschen als widerstandsfähig, zum Teil wurde Acrylfarbe nachgewiesen.

Was soll hier verewigt werden?

Andre bestanden aus Schweineblut, andre waren echt.

Was heißt hier echt?

Die katastrophale Sommersaison war vor allem durch den Rückgang der Gäste aus den USA geprägt. Es ist sicherlich ein schwacher Trost, daß andre Destinationen ähnliche oder noch höhere Rückgänge zu verzeichnen hatten. Wie soll und wird es weitergehn? Unter der Voraussetzung, daß der Dollar nicht weiter fällt und keine weiteren Anschläge in Europa stattfinden, scheint der Winter ganz gut gebucht. Es wurden vermehrte Anstrengungen unternommen, um andre Standbeine für den Winter zu gewinnen. Der Gast der heutigen Zeit ist weitaus anspruchsvoller, kritischer und emanzipierter als der ursprüngliche. Das Umweltbewußtsein ist stark gestiegen.

Das Baumfärbeprogramm verschlang Millionen, ohne merkliche Erleichterung zu bringen.

Solang uns die Ebenen so durcheinanderkommen, können wir investieren so viel wir wollen, es wird sich nichts ändern.

Sie mit Ihren Ebenen! rief Kastner empört auf der Besprechung Anfang Dezember. Kommen Sie mir nicht mit Diskurs und Ebenen, all dem französischen Firlefanz! Bringen Sie mir eine anständige Zeitfluß-analyse, dann reden wir weiter.

7

»Bis zum Jahre 1676 bestand im Lengauer Thale, insbesondre in Oberlengau eine wunderliche, heid-nische Ketzerei, welche fast gar nicht mehr auszu-rotten war. Die Anhänger dieser Secte nannten sich gegenseitig Brüder und Schwestern und huldigten dem Communismus. Sie erklärten die Messe als eine neue Erfindung und spotteten darüber; dafür behiel-ten sie die Predigt (Laienpredigt) bei. Auf Papst und Bischöfe und Priester sangen sie Spottlieder, beson-ders verhöhnten sie den Curaten von Meierbach. Sie verehrten eine schon längst verstorbene Frau, wel-che in Grimmbach gelebt, aber nie einen Gottes-dienst besucht haben soll. Sie behaupteten, daß ih-nen diese Frau bei ihren religiösen Zusammenkünften öfter erschienen sei, wobei um ihr Haupt ein helles Feuer geflammt und die Glocken im Thurme von selber geläutet hätten. Bei diesen Versammlungen sprachen sie ein Gebet, von dem sie behaupteten, der Teufel habe es sie gelehrt und es habe die Kraft, alle Sünden zu tilgen. Sie gruppierten sich nächtlicherweise um ein großes Feuer und opferten dem Satan. Die Mädchen wurden in unsittsamer Weise zum Feuer geführt, wo sie Gott und den Heiligen entsagen und die Verehrung der vorhin erwähnten Frau geloben mußten, und nun begann der wilde Tanz. So wurden sie einmal am Aschermittwoch bei einem solchen Tanze getroffen. Sie verzehrten dabei das mitgebrachte Fleisch und sangen Spottlieder auf die Geistlichen. Wurde einer dieser Secte hingerichtet, so verehrten ihn die übrigen als Märtyrer. Ihr Haupt war längere Zeit Paul Lederer von Grimmbach. Erzherzog Maximilian ergriff die strengsten Maßregeln zur Ausrottung der Ketzerei im Lande; so wurde auch Lederer gefänglich eingezogen. Er versprach jedoch bald Besserung und wurde aus der Haft entlassen. Nachdem er neuerdings sein Unwesen zu treiben begann, verwies man ihn des Landes; er war aber unverbesserlich und versuchte auch an der Grenze für seine Secte Anhänger zu finden; er wurde ergriffen und 1621 zu Innsbruck hingerichtet. Nun schien das Uebel der Hauptsache nach erloschen, umso mehr, als Matthäus Tangl, der sich zehn Jahre später für einen neuen Propheten hielt, »den Gott mit himmlischen Botschaften erfreut und in seinen Rath aufgenommen habe«, keine Anhänger fand; jedoch der Funke glomm fort und flammte wieder empor, als 1662 der Zimmerknecht Christian Hofer in Gegenwart zweier Zeugen feierlich vor dem Pfarrer erklärte, er wie die übrigen Anhänger der Secte verehrten den Lederer als einen heiligen Märtyrer eben so gut wie den heiligen Stephan. Die Sache wurde zwar beigelegt, aber nach wenigen Jahren erhob sich die alte Schwärmerei zum dritten Male und zwar mit dem Zusatz von grober Unsittlichkeit. Nach dem Jahre 1675 schweigen die Berichte und wir können annehmen, daß die Secte schnell unterdrückt und nie mehr zum Vorschein gekommen ist.«

8

DIE GRUPPE KOORDINATION und Rasterfahndung arbeitet an einer dreidimensionalen Darstellung.

Sie zeigt eine immer dichtere Häufung der Daten, doch nichts, was an eine Struktur gemahnen würde.

Eine dichtere Häufung von Zweifel.

Wir dürfen nichts vorwegnehmen, keine selbsterfüllenden Prophezeiungen ausstoßen, andrerseits wäre es fatal, wenn wir auftauchende Signale zu lange falsch deuteten.

Vielleicht ergibt erst die vierte Dimension die

Struktur. So weit sind wir nicht.

Kastner behauptet, daß er an einem neuen Verfahren zur Zeitflußanalyse arbeitet, Codewort »Teleskop«. Dafür brauche er die Leerstellen in seinem persönlichen Zeitplan. Leerstelle heißt Aussetzen der Dokumentation.

Nicht sicher, ob er dafür auf höherer Ebene genauer dokumentiert wird, gerade während der Leerstellen-Phasen.

Angeblich hilft Teleskop die Zeitebenen ineinanderschieben.

Die Vorstellung ist faszinierend, sagt Collioni bei einer Stabsbesprechung. Die Frage bleibt bestehn: wie können wir die Darstellung anschaulich halten, ohne an Komplexität zu verlieren?

Das von Collioni ausgesprochne Wort »faszinierend« verschafft Kastner augenblicklich eine Erektion, ein einzigartiger linguistisch-physiologischer Konnex. Die Erektion dauert einige Minuten und verliert sich dann. Es gibt kein andres Wort, das diese Wirkung auf Kastner hat. Und nur aus diesem Mund.

Problem des Verhältnisses von optischer Information (immer noch der Großteil) und den Stimmungsberichten der Agenten, die notwendig im dunkeln tappen, andernfalls wir nur erführen, was wir schon wissen.

So sind wir nun außerstande zu verstehn, was wir erfahren.

Es geht nicht um diese Extreme, sagt Collioni.

Vorläufig genügt, wenn wir im Mittelfeld der Skala exakt arbeiten. Die schlanken, eleganten Lösungen der Theoretiker nützen uns oft wenig draußen im Feld.

Sehr richtig, sagt Müller, das erste, was er diesmal sagt, und wird das einzige bleiben.

Kastners Widerwillen gegen dieses Subjekt, das von seiner Subjektivität nicht lassen will, wallt auf, Müllerbeseitigungsprojekte rasen durch Kastners Kopf, der sich auf andres konzentrieren sollte. Müller-Collioni zu paaren hat sich als fatal erwiesen.

Was tun wir mit dem Bereich Santa Cruz de la Sierra? Nicht wenige Fäden laufen dort zusammen.

Schicken Sie Loy hin.

Kastner, neben Collioni sitzend, legt eine Hand auf ihren Oberschenkel, unterm Tisch, dem nüchternen Konferenzmöbel. Collionis Karrierediagramm auf dem Bildschirm im Untergeschoß beginnt hektisch zu flackern.

Sie ekelt sich vor Kastner, versucht ihm so gut es geht auszuweichen, im Augenblick, da sie seine Hand auf dem Oberschenkel spürt, augenblickliche Erregung, die Säfte fließen. Produziert die Macht, die er verkörpert (mehr Körper als der prüde Priess, ein anschaulicherer, barockerer Fürst), sexuelle Attraktion, die sich über das übliche Funktionieren hinwegsetzt?

Vergleich (Erinnerung): Müllers schmaler, harter Körper. Nichts floß, obwohl er nicht unsympathisch, nicht unappetitlich war.

Sie sagte zu Müller: wir können es machen, aber es bringt uns beide nicht weiter.

Er (ewiges Subjekt): versuchen wirs trotzdem. Nur so. Die Zeit vergeht. Denk an den langen Winter.

Sie: nur so interessiert mich nicht. Oder willst du eine Familie mit mir gründen, mir die Last der Karriere, des langen Marsches ins Archiv abnehmen dafür, daß ich dir die Fortpflanzung abnehme, die Fortsetzung deiner Person auf dem langen Marsch durch das biologische Kontinuum sicherstelle?

Kastner, beim Durchsehn des Videos Müller/Collioni, erste Nacht: ich weiß zwar nicht, was Perversität, allgemein gesagt, sein soll, aber DAS ist pervers.

Müller: ich dachte bloß ans Vögeln, mehr nicht. Daran muß man doch denken, wenn man dich ansieht, wenn man ununterbrochen mit dir zusammen ist.

Hier endet der Mitschnitt. Kastner drückt enttäuscht auf STOP.

Er ordnet zusätzliche Überwachung des Paars an.

Das Vertrauen in die Mitarbeiter ist gering, am geringsten in Müller. Eifersucht spielt eine Rolle, die lückenlose Videoüberwachung ist ein schwacher Ersatz für die Gegenwart Collionis im kastnerschen Vorzimmer.

Müller weigert sich, über Kollegen zu BERICHTEN.

Was heißt hier bespitzeln, mein lieber Müller, es geht doch einfach um die Transparenz der Organisation, das heißt um unsre Effizienz. Wenn wir selber nicht transparent sind, wie sollen wir das uns anvertraute Land transparent machen können?

Auf diese rhetorische Frage gibt es keine gute Antwort, also schweigt Müller.

Der Absprung ins zivile Leben wird mit jedem Jahr schwieriger werden.

9

GASTHAUS BODEN, LETZTE Ganzjahressiedlung im Grimmbachtal, vier Stunden von hier auf das Hundsjoch, sechs Stunden über das Joch bis Stein. Am Hauptkamm verläuft die Staatsgrenze zusammen mit der Wasserscheide. Das Überschreiten der Grenze ist gestattet, aber nicht der Abstieg ins Tal des jeweils anderen Staatsgebietes. Im Grenzbereich sind entsprechende Ausweisdokumente mitzuführen. Seit der Integration haben diese Verordnungen keine praktischen Auswirkungen mehr. Aus Gründen des angespannten Arbeitsmarkts werden die Zollwachebeamten aber weiter beschäftigt, und zwar für die Crew.

Die Arbeiter an der Talsperre kommen aus dem Osten. Keiner ist zufuß je weiter als zehn Minuten von der Baustelle weggekommen.

Zur als Zollwache verkleideten Crew besteht kein Kontakt, obwohl diese in einem Haus unmittelbar neben den Arbeiterwohnbaracken untergebracht ist.

Die Aufgaben der Crew sind auf der Ebene Kastner nicht näher bekannt.

Koordination, sagt Gasser, als wisse er Bescheid oder wolle unvorstellbare Gespenster bannen.

Ein Leck in der Staumauer oder der Geheimhaltung hat es gegeben, eine Bagatelle, längst behoben, von ausländischer Presse aufgebauscht wie das Blei, Dioxin und Cadmium in der Heimaterde, aufgebauscht wie alles, was die in die Finger kriegen, ich brauche nicht zu zitieren.

Die Arbeiten gehn planmäßig voran.

Danach, so Müller, lenkte ich das Gespräch auf das Piccolo. Dort wird man sein Geld bekanntlich leicht los. Das Personal im Untergeschoß kommt aus Santo Domingo, Thailand, den Philippinen, eine Nummer dreitausend, dazu die Getränke, man kommt leicht auf fünf-, sechstausend an einem Abend, keine der Auskunftspersonen gab an, selber dort gewesen sein. Das Preis-Leistungs-Verhältnis wird als unbefriedigend beschrieben.

Das wichtigste sei, den Ausländern, die neu auf die Baustelle kommen, die Schneid abzukaufen. Die Integration hat bislang keine Spuren in diesem Kollektiv hinterlassen.

Es folgt eine Anekdote aus dem vergangenen Sommer. Beim Seilziehen für die große Materialbahn hat es einem Arbeiter glatt den Fuß abgeschnitten, ein Stück hinter den Zehen, durch den Schischuh, die Knochen durch, glatt durch als wäre es

Butter.

Erosion.

Kastner versteht Erektion, spult das Band etwas zurück.

Erosion. Im ersten Jahr frißt es eine Runse heraus, im zweiten kommt der ganze Hang daher. Im zweiten Jahr sind wir nicht mehr hier.

Auf dem Dorfplatz stand 2 m hoch das Wasser, der Frisiersalon und die Alte Post überschwemmt, die protzige Hütte, recht geschieht dem Zach.

Am nächsten Tag stand im Bericht rotzige Hütte. Sie besserte es aus.

10

COLLIONIS KÖRPER, NÜCHTERNSTES Konferenzmöbel, bestes Ding, bewegt sich kaum, während Kastner rackert. Nicht mehr der jüngste.

Er wird es büßen müssen.

Er hatte insgesamt dreimal mit ihr geschlafen, während eines Zeitraums von zwei Monaten in jenem Herbst, bevor sie mit Müller nach Meierbach fuhr.

Seither denkt er nurnoch an sie, und mehr als das, er kriegt ihn nicht mehr hoch, er mag anfangen was er will, ein böser Streich, den die Psyche ihm spielt, das Alter allein kann es noch nicht sein, das Gehirn oder wer immer, ein Gott, ein kleinlicher nachtragender Kerl.

Bald wurden die geheimnisumwitterten Löcher in Kastners Zeitplan von einer einzigen Tätigkeit gefressen.

Er hatte beschlossen, ihr wieder zu begegnen, koste es was es wolle, und sie wenigstens zu einem karitativen Beischlaf von Zeit zu Zeit zu überreden. Am Geld würde es nicht scheitern, überhaupt wäre er mit allem einverstanden. Es scheitert an ihrer Unsichtbarkeit. Obwohl sie doch wieder in der Stadt sein soll, so viel hat er herausbekommen, und obwohl Kastner in seiner Position, möchte man meinen, beste Voraussetzungen hätte, über ihr Wo, Woher, Wohin Bescheid zu wissen.

Er lief gut verkleidet durch die Stadt, nach einem durch und durch verrückten, das heißt logischen, von ihm ausgedachten System, ein bessres, so sagte er Gasser in einer schwachen Stunde, sei auf der Welt bisher nicht erfunden, was die Vermählung von Zufall und Notwendigkeit anlange. Er klapperte die Stadt systematisch ab. So groß war diese nicht. Er mußte ihr früher oder später begegnen. Sie schien aber von seiner hartnäckigen Verfolgung zu wissen und hatte jedenfalls alle aus früherer Zeit stammenden Anknüpfungspunkte entwertet.

Gasser: vielleicht arbeitet sie jetzt in der Crew, Sie wissen, was das bedeutet.

Kastner weiß das: drei Mal und keinmal mehr für den Rest des Lebens, er wußte es ohnehin, sein

Körper hatte die Gewißheit.

Sie mußte doch zu irgendwelchen Zeiten irgendwelche Straßen entlanggehn, überqueren, in Läden einkaufen, in Cafes sitzen.

Oder hatte sie sich so verändert, das heißt ihr Aussehn.

Kastner knüpft ein unverbindliches Gespräch mit Müller an. Müller tut so, als entsinne er sich kaum der Einsatz-Kollegin vom vergangnen Winter, oder entsinne sich höchst ungern. Das kann nicht sein, oder kann es sein, daß Collioni, die Kastner durch allzu seltne Berührung für den Rest des Lebens beschädigt, ja auf eine gewisse Weise vernichtet hat, dem Müller schon entfiel.

Aufgrund plötzlicher akustischer Erinnerungsschwäche mißlingt ihm, sich ihr Lachen zu vergegenwärtigen. Er rast ins Archiv, die Videos mit Müller und Collioni aus dem meierbacher Winter sind verschwunden.

Er stellt Kathrin Weiss zur Rede, die jetzt hier arbeitet.

Sie verweist mithilfe der Kartei darauf, daß er selber sie entnommen haben muß. Sein Kürzel. Kein Zweifel.

Er verweist darauf, daß er sie längst zurückgegeben und bei sich nichts aus dem Archiv aufbewahre, aus Prinzip und guten Gründen.

Also ist alles, was blieb, das unscharfe Foto aus jener Zeit. Er hatte zufällig aus dem Fenster seiner Wohnung gesehn, sonniger Vormittag mit der Menge der Flaneure und Einkäufer unten, da sah er sie auf dem Gehsteig unten vorbeigehn, hechtete zur Kamera, das Bild war unscharf, als er es, für Sonderaufgaben abends im Labor zurückgeblieben, vergrößerte. Wenn man es weiter vergrößerte, vergrößerte man die Unschärfe mit. Das Bild zeigt sie von hinten, da sie ein gutes Stück weiter war, bis er sie im Visier gehabt hatte. Jeans, Tennisschuhe, weißes Hemd, was besagt das schon, nichts, das borstige kurze Haar, eine unförmige Handtasche über die Schulter gehängt und irgendein Elender neben ihr her gehend und sie mit Privatem behelligend, nein: amüsierend, man sieht es auf dem Foto nicht, aber er hatte es in dem Augenblick gesehn, bevor er nach hinten wegtauchte, um die Kamera zu holen.

11

UM SICH ABZULENKEN, begab K. sich in ein Kino, das einen angeblich lustigen Film anbot. Neben ihm eine gut geputzte kleine Dame, die in Römischdrei hochzukommen gedachte. Er testete sie aus rein personalpolitischen Gründen. Verhalten im Kino, im Nachtcafe, bei Bedrängtwerden durch mächtigen Vorgesetzten, das sind entscheidende Prüfungssituationen. K. amüsierte sich mithilfe des Films königlich, dröhnte, wieherte hemmungslos neben der etwas gepreßt mit ihm Mitlachenden. Nach Ende des Films sah er, daß die Frau drei Reihen vor ihm, die er zwei Stunden lang von hinten für Eva C. gehalten hatte, dies natürlich nicht war.

Oder beginnen die Halluzinationen, beginnt das Ende.

Die kleine Dame hielt sich tapfer.

Müller, aushilfsweise im Innen-Nachtdienst, betrachtet die Szene am Monitor, die immergleiche Weitwinkelperspektive von U-Bahn-Überwachungs-kameras.

K. läßt sich von der Dame, deren Name nichts zur Sache tut, entkleiden.

Dann entkleidet er sie.

Sie ist sehr klein und dünn, er ist sehr groß und dick. Nur sein Glied ist klein und dünn und bleibt es, wie sehr die Kleine, Dünne sich bemüht.

Müller schläft vor dem Monitor ein. Das ist der Tropfen, der das Faß zum Überlaufen bringt.

Am nächsten Tag überreicht ihm Kastner persönlich den Entlassungsschrieb.

KAUFHAUS
EDEN

1

DIE ERZÄHLUNG ENDET mit dem Tod. Der Leser
schließt das Buch. Scheherezade wird geköpft. Der
Sultan altert und stirbt. Der älteste Sohn wird Sultan.
Nach dem neuen Erzähler wird er lang suchen
müssen. Die Menge ist leer. Der Erzähler ist weib-
lich. Wir erzählen davon. Wir erzählen Wetter, Wissenschaft, Poesie, Geschichte.

Die Geschichte funktioniert. Sie kriecht unter den
Schrank. Wir finden sie. Die Grenze zwischen Wirklichkeit und Möglichkeit verläuft in ihr. Sie ver-
schiebt sich im Leser. Später geht das Erzählte in Er-
füllung und das Geschehne wird nacherzählt. Das
Erzählte ist vor, hinter und in der Wirklichkeit, die
Wirklichkeit vor, hinter und in dem Erzählten. Es
dauert. Ein früherer Text wird als bekannt vorausge-
setzt, ein Film, eine Leinwand (übermalt), Vögel
und andre Requisiten, Sand bis zum Horizont. Die
Kamele sind tot. Märchen für Menschen.

Die ersten Bestimmungen sind tautologisch und
unverständlich. Weitere Bestimmungen können ver-
ständlich und nicht-tautologisch sein. Geduld. Die

90

Erzählung kann von Bestimmungen handeln, aber nicht bestimmen. Eine Kugel in den Kopf für den Dichter. Mein Name ist Lessing. Das Zitat ist die äußerste Ironie. Darüberhinaus kann es kein ästhetisches Programm geben. Eine komplizierte Idee einfach ausdrücken. Magere, wilde Erzählungen. Figuren entstehn vor dem inneren Aug: Fahad, Jesus oder Liebknecht. Frauen fehlt der Name. Augen zu und durch. Der Erzähler verschwindet im Material. Das sagt sich leicht. Irrtümer häufen sich. Müll. Ein Kind lag vierzehn Jahre in Ketten, alle sahn untätig zu! Grashalme sind für es ein Leckerbissen, schreibt empört ein Tagblatt, das oft lügt. Das afrikanische Kind auf einem riesigen Plakat bittet um Spenden. Überlebensgroße Augen, der Hunger.

Der Erzählung folgt nichts. Standpunkte werden eingenommen. Antlitze verzerren sich kenntlich. Amphetamine sind zumutbar. Wir können uns um Folgen nicht kümmern. Leichter, sich einen vorzustellen als Millionen. Die Revolution später. Hitler war eine Folge und wir sind seine Folge. Einen Göring hängt man nicht, sagte Göring, bevor man ihn nicht hängte, gebürtig aus Rosenheim am Inn. Hätten ihn dennoch vors Fenster hängen sollen, Maiskolben im Herbst, zur dünnen Puppe verdorrend. Hätte ein deutscher Mensch gewagt, auf den Toten zu spucken? Wohl kaum, der Respekt saß zu tief. Deshalb kann es keine ehrliche Nachkriegserzählkunst geben, FELIX AUSTRIA heimliche Siegermacht, die nur zufällig verlor. Europa gemeinsam zerstampft und jetzt jammern sie: Schlesien! Berlin! der Eiserne Vorhang.

Die Sprache der Erzählung bewegt sich in der Sprache des Hörers. Ein Kännchen mit einer farblosen Flüssigkeit, die sich alljährlich zu Weihnachten rot färbt, kann nicht als Wunder betrachtet werden. Führen Sie Ihrem Körper stets genügend Energie zu. Sie brauchen Mineralstoffe, Kohlehydrate, Vitamine und Eiweiß. Wir möchten einen Dialog zwischen Schichten der Bevölkerung, zum Beispiel zwischen Mann und Frau, den es aber nicht geben kann. Der Text folgt einer negativen Rhetorik des vorweggenommenen Widerspruchs. Lassen Sie die Luft ungehindert durch sich hindurchströmen. Die ideale Wassertemperatur liegt bei 25 Grad, das ideale Alter um die dreißig.

Der Hörer vergleicht die Sprache der Erzählung mithilfe eines Rasters mit der eignen. Der Hörer verschwindet im Leser. Der Leser verschwindet im Seher. Der Seher verschwindet. Menetekel als Zeitungsente. Das Wort löst sich vor den Augen auf, Axel Burdas Zaubertinte an jeder guten Trafik. Das Puzzle bleibt halbfertig auf dem Tisch liegen. Landschaft verkommt; das Wort VERKOMMEN bitte nicht mehr verwenden. Keine Führer, wonach weiterhin eine Sehnsucht besteht, die, ungestillt, mit den Körpern, die sie bewohnte, ins Grab fährt. Neue Körper quellen aus den Frauen, von Geburt blau geschwollen vor neuer Sehnsucht.

Jede Wirklichkeit hat mehrere Sprachen. Meist ist

92

uns eine natürlich. Tausend schöne Sekunden vergehn allzu rasch. Innen in der Frau wandern Stück-
chen aus Kunststoff und Metall. Mann und Frau
gehn zur koitalen Tagesordnung über, mit Blutge-
rinnsel, Migräne, Seh- und andren Störungen. Ich
bin Faschist und jede bewundert mich, das gibt sie
selber zu per Gedicht. Danach steckt sie den Kopf in
den Gasherd, als ob das eine Lösung wäre oder ein
Ausweg. Man kann eine Wirklichkeit als Summe
möglicher Wirklichkeiten denken. Dieser entspricht
keine Sprache, es sei denn die der Kunst, die Zeiten
und Kulturen übergreift: Musik, Ausdruckstanz, Es-
peranto und Töpfern. Himmel, Wind, Atlantik und
die Wolken fetzen nur so dahin. Diese Weite im
europäischen Nordwesten, keltisches Zwielicht,
Wehmut, Nebel, Meer und Inseln, Stacheldraht und
Autobomben, *the necessary murder* aus dem Kopf
eines Lyrikers, der das beste wollte für alle oder?
    Sprachen für ähnliche Wirklichkeiten sind ähn-
lich, so die Annahme. Wir müssen mit Verwandlun-
gen rechnen. Es dauert. Sprache ist ein Fall von
Wirklichkeit, Wirklichkeit ein Zerrspiegel von Sprache. Die Sprache teilt sich in Beschreiben und Erzählen. Wir sind Objekt der Forschung, Subjekt laut
Verfassung. Ruhe und Ordnung werden massenweis
hergestellt. Die Lippen sind blau. Sie bewegen sich
automatisch. Morsch das Gebein, wir klappern mit
dem Gebiß, das Echo eines alten Kampflieds auf den
Lippen. Die Ordnung ist offen für Erweitrung nach
Notwendigkeit. Notwendigkeit definiert die Partei.

Ruhe schreit nach Lärm. Der Pflasterstein döst erschöpft nach diesem Jahrhundert. Neue Zeichen kommen ins System, Gewichte verschieben sich. Ganze Reihen ändern die Bedeutung. Dominos fallen. Die Oberfläche bleibt starr und gespannt. Revolution später. Zehn Tage und wir erzählen davon, das Auge glänzt, die Stimmen beben. So wird es nie wieder sein. Krupp ist leider krank und kann nicht vor Gericht. Dem gemeinen Mörder geht es bestens, empört sich das Volk, meint aber keinen Krupp, sondern eine armselige Krankenschwester oder einen irrtümlich als Sexualbestie verhafteten Einzelstehenden. Ein Tagblatt hilft immer gern dabei mit, einfache Menschen zu ermorden.

Wir legen Transparentpapier über den Alten Text und pausen ihn durch. Das geht nicht ohne Fehler. Das Neue entsteht aus der falschen Anwendung des Alten, Nachahmen einer nicht mehr verstandnen Bewegung. Neue Zeichen saugen sich mit Bedeutung voll. Wir ritzen sie ins Holz der Stämme, die aus dem Lagern abgehn. So erhalten Angehörige Nachricht. Das System der Nachrichten verändert sich zufällig und überraschend.

Im System gibt es Zwischenräume, Höhlen, lokale Labilitäten, ein insgesamtes Ungleichgewicht, Dehnung, Umkehrung, Verschiebung, Kompression, die Welt wird umspannt, Brüder, Schwestern, werdet wesentlich! Völker verständigen sich per Gelbkreuz. Das Geschäft blüht. Der Leser baut im Lauf der Lektüre einen Raster, den er dem Erzählten zuordnet und mit dem körpereignen von Satz zu Satz vergleicht. Unsichtbare Historie, sichtbarer Text. Der Bericht zählt. Von Karthago wissen wir bekanntlich nichts, das hindert nicht, hunderte von Seiten darüber zu schreiben. Eine einzige Erzählung verbraucht massenhaft Helden, noch bevor sie beginnt. Überraschung ist die Abweichung vom Muster. Tradition ist die Reihe der Abweichungen, die, indem sie geschehn sind, das Muster vervollständigen. Alte Teile werden ausgewechselt, wenn sie leiern. Die Frage wird immer sein, ob ein solcher Ansatz greift. Der seit der Romantik ausgebildete Kanon negativer Kategorien erzeugt zuletzt einen positiven Kanon der Beliebigkeit der Begriffe und Werte. Die Struktur geht auf. Stürzt dieses Tier einmal, kann es sich nie wieder erheben. Die Wissenschaft kränkelt. Wir machen seit zwanzig Jahren jedes Semester Stifters Nachsommer, das hat noch keinem geschadet. Unter dem saubren Text das schmutzige Schweigen.

Wir kommen zur leeren Ästhetik der aufgehobnen Gegensätze, woraus kein Drittes sich entwickelt. Die Produktion ist gewährleistet. Der Markt frißt auch dich allherbstlich, Genies stecken Kraft in Texte statt Leben. Nur immer herein, die Vorstellung hat begonnen. Das Pferd spricht deutsch. Sie müssen positiver werden, junger Mann.

Bedeutung akkumuliert wie Kapital. Der Mehrwert ist die Freude des Lesers, das interesselose Wohlgefallen. Er versteht, ob er will oder nicht. Trotz geringer Komplexität der Sätze wird der Text als schwierig empfunden. Ein wortwörtlicher Text kann als ganzes zur Metapher werden. Die Kompetenz wird überschritten. Die Anstrengung wächst. Da haben wir im Gegensatz dazu die sogenannte sedative Literatur. Nun kann aber die Sprache nicht NICHTS sagen. Es rutscht einem nämlich so heraus. Sobald sie aufhört, wird die Erzählerin geköpft. Sie weiß das. Diese Aussicht schärft den Geist, verleiht literarischen Ehrgeiz. Der Erzähler weiß nichts, sucht eine neue Festigkeit des Standpunkts, der Begriffe, am Ende ists die alte Erektion. Er täuscht und zitiert. Bald vermutet der Leser selbst hinter harmlosen Äußerungen einer Nebenfigur den Schlüssel der Träume. Das Beliebige kristallisiert unaufhörlich zu Sinn. Der Erzähler fehlt. Irgendwann wird es bemerkt. Das ist der dritte Zugang zum Text. An Bruchstellen quillt das Untere hoch, Magma, Erdöl, Erdgas, Tiefenstruktur. Eigenschaften des Textes werden auf Konstanz und Wechsel reduziert. Der Mensch wird auf prä- und postkoital reduziert. Da besteht aber ein gewaltiger Unterschied.

Der Text besteht aus Sagen und Schweigen, also schwarzen und weißen Stellen, die sich bei Autor und Leser wie Negativ und Positiv verhalten. Das Verschweigen beinhaltet eine negative Rhetorik des implizierten Widerspruchs. Der Leser murrt zurecht: am Tag der Stress im Büro und jetzt dies. Ich will in Ruhe meinen Roman lesen, ich will in Ruhe mein Heftchen ansehn.

Inhalt und Form sind konventionelle Begriffe. Sie

leben in der Wahrnehmung des Ästhetischen als komplementäre, variable Größen. Die Form ist das Maß des Verstoßes gegen die Konvention. Im Maß ihrer Konventionalisierung verschwindet die Form im Inhalt und wird ein Stück Natur. Ist eine Form vollkommen überholt, wird sie wieder unkonventionell, frei (vgl. Abb.1). Die zwei zu vergleichenden, an einer Zeitachse orientierten Form-Inhalt-Komplexe (Texte) werden als Struktur 1 und Struktur 2 bezeichnet. Sie überschneiden sich und sind also mit Begriffen der Innovation/Konvention aufeinander beziehbar, durcheinander beschreibbar. S1 wird frei (neu verfügbar ohne Vergleichbarkeit), sobald die Schnittmenge S1/S2 die leere Menge ist. Formen und Inhalte bilden für sich und in ihrer Verknüpfung das konventionelle Repertoire. Der sozialkritische Roman, das Buch Mein Leben oder Mein Leben bis zum Kriege. Das Liebesgedicht, das Gedicht allgemein. Let us go then, you and I. Die Novelle Fritzl oder Das Stille Glück. Durch Bündelung wiederkehrender Elemente wird die Aufmerksamkeit des Lesers genormt und getäuscht. Die so entstandne Norm bildet das Nullniveau, worauf Innovation sich jeweils bezieht. Das Kunstwerk ist die inadäquate Anwendung ästhetischer Norm. Ich würde an Ihrer Stelle Mukarschovsky lesen, das hat noch keinem geschadet. Oder heißt es »leben«? Wir verwenden Begriffe nicht als Werkzeug, sondern als Näherung. Begriff ist die Abkürzung der Beschreibung eines wiederkehrenden, annähernd gleichbleibenden Eindrucks bzw. einer Behauptung. Die Anwendbarkeit des Begriffs beruht auf der Verbreitung des Eindrucks bzw. der Behauptung. Begriffssystem ist ein auf das allgemeine bezogenes Sprachsystem, von Priestern erfunden und weiterentwickelt. Die Differenz dieses Systems vom gewöhnlichen ist seine Form. Sie verschwindet, wie gesagt, mit der Konventionalisierung der Begriffe, ihrer Aufnahme in den allgemeinen Sprachschwatz. Form ist die Zahl und Anordnung der Elemente. Form ist die Wirkungsweise einer Mitteilung als ästhetische. Man könnte immer so fortfahren. Sexualität ist die Darstellung der Politik in kleinen Gruppen. Ich wollte, wir hätten einander nie kennengelernt. Dazu ist es zu spät. Schweig.

Er sah sie täglich aus dem Haus gehn, das Fahrrad aufsperren und stadtzu radeln. Das rotblonde Haar im Wind. Also auf, in die Lederkluft, Helm, Handschuhe, hinaus, auf die Maschine. Er holte sie ein, rollte einige Augenblicke lang neben ihr her. Beim ersten Mal die Hand auf ihren Oberschenkel, dann aufs Gas, weg. Das zweite Mal die Hand auf die Brust. Beim dritten Mal auf den Bauch. Der medizinische Fachausdruck lautet Unterbauch. Ich mag solche Ausdrücke gern: morbus Bechterew, Appendicitis, Oberlappeninfiltrat mit Interlobärbeteiligung, knöcherner Bandausriß. Sie lassen der Einbildungskraft Raum. Das nächstemal würde er eine Entscheidung herbeiführen. Sie saß hinter mir, umklammerte mich fest und wir fuhren gemeinsam in die Zukunft. Sie kann mich nicht erkennen, das Visier des Helms

spiegelt, die Hände in Lederhandschuhn, das Nummernschild mit Dreck verschmiert. Sie rasten dahin. Einsame Schotterpisten, später Lehm, bei Regenwetter grundlos, unpassierbar, strohgedeckte Hütten, Hühner und Schweine.

Der Leser bevorzugt ein fixes Set von als Eigennamen erkennbaren Wörtern, Kristallkerne seiner Fantasie, die er für die Zeit des Lesens dem Text leiht. Margot, Julia, Georg, Ewald, Katarina vulgo Kathrin, Florian und viele andre. Fehlen diese Kerne, wirft er das Buch verärgert weg.

Weiter. Fahrtwind, Brennen der Freiheit im Gesicht, Kiesel spritzen unter den Reifen weg.

Weiter. Der Blick durch das Objektiv der Filmkamera ist der Blick durch das Fadenkreuz des MG. Der Blick auf die Waden einer Frau ist der Blick eines Mannes auf diese Waden. Die Füße stecken in schwarzen Gummistiefeln. Wollrock bis unter die Knie. Schmaler Streifen Haut, weiß, rötliche Härchen. An den Stiefeln Schlamm. Er umgibt das Haus weithin. Das Herzklopfen bringt mich noch um. Hier setzt also der Tod an: in der Mitte, mitten im Herze. Langsam. Laß dir Zeit. Warte, warte. Geht es so. Warte. So. Langsam. Schnell. Es kommt wer. Sei ruhig. Gnade uns Gott, wenn er uns findet. Ja, so. Gut. Schnell. An der Oberfläche konkurrieren widersprüchliche Zeichen.

Geschlechtsverkehr siehe Beischlaf.

Die Kamera schwenkt auf die grünen Hügel, die bekannte irische Szenerie. Kompakte Säulen von

Licht schießen zwischen den Wolken vor und lassen an Gott denken. Ich maße mir kein Urteil an. Ich bin bloß der Stenograf. Aus dem Off hört man das Quatschen der Stiefel im Dreck und das Schnaufen, dessen Intensität sich steigert. Dazu die Stimme. Nicht hier. Nicht. Laß mich. Hör auf. Bitte.

Von alters her deckt man die Dächer mit Schindeln und diese mit großen, runden Steinen, die über weite Strecken auf Karren herangeführt werden müssen. Selbst in vielen Metern Tiefe ist der Lehm kompakt, rein, bei Regen, wie gesagt, wird das ganze Gebiet rasch unpassierbar. Die Front brach zusammen. Zu Fuß oder mit dem Fahrrad über erbärmliche Wege in der Winterkälte nach Westen. Eine Gräfin rettete sich hoch zu Roß. Bei Erreichen der Freiheit, am Grenzübergang Prinzendorf/Burgenland, riefen sie im Chor: »Endlich frei!« Dann das Deutschlandlied. Zuerst die Zone, dann die Ostmark, dann Polen und diesmal nehmen wir Südtirol mit dazu.

Der jetzige Wohlstand befriedigt nicht. Unmittelbar nach der Geburt kann gelegentlich eine Erektion auftreten, wie viele aufmerksame Mütter (und sehr wenige Wissenschaftler) wissen. Sexuelle Quellen erotischer Reaktion bei 212 Knaben vor der Pubertät: Frauen sehen 107, an Frauen denken 104, sexuelle Witze 104, sexuelle Bilder 89, Bilder von Frauen 76, Frauen in Filmen 55, sich selbst nackt im Spiegel sehn 47, körperliche Berührung mit Frauen 34, Liebesgeschichten in Büchern 32, die Genitalien andrer Männer sehn 29, Revuevorführungen 23,

Tiere beim Koitus sehn 21, Tanzen mit Frauen 13.

Die alten Texte werden wie Overhead-Folien übereinander gelegt und das Ergebnis abgelesen. Beim Lösen des Rätsels gibt es für den Leser Überraschungen und das ist die Qualität des Textes. Die Vorbereitung auf den Text (Einstellung) bestimmt dessen Qualität. Die Szene ist folgende.

2

WIR SIND GLÜCKLICH. Wir sind jedermanns Geschmack. Wir verkehren im Takt. Wir leben in beheizten Räumen.

Der Hirt wohnt in einem weißen Haus. Er ist alt. Er hütet nicht mehr gut. Aber er hütet. Nase und After faulen zuerst. Die Hirtin fault innen. Sie stehn am Fenster und winken. Sie winken uns zu. Die ganze Welt darf es sehn. Ein Stück Brust fliegt auf den Mist. Er seufzt. Sein Stab speit Feuer. Am Abend wird er tot sein.

Wir sind glücklich und frei. Den besten Orgasmus haben wir zwischen 19 Uhr 30 und 19 Uhr 50. Dann das Wetter. Befugte haben Zutritt. Die Reporter schnaufen vor Anstrengung. Sie müssen alles unterscheiden. Nur wenig bleibt und wird uns gezeigt: das Beste. Stellwände halten dicht. Der Hirt döst. Die ihn erklären, fuchteln. Wir staunen selten. Wir parfümieren uns betäubend. Wir arbeiten scheinbar, das Geld aber wirklich. Wir schreiben in Zeitungen. Wir machen keine Geschichten. Das Reich kämpft für uns in Wüste und Sumpf, besiegt auch, wenn für die Freiheit erforderlich, kleine Inseln. Leise Flugkörper starren nach Osten. Ein Schatten huscht unmerklich über die Landschaft. Die Eisenbahn fährt dreizehn Stunden von Helsinki nach Moskau. Der Nebel hält dicht. Dem Hirten fault das Knie. Lappig überhängende Hautränder werden in jeder Religion beschnitten. Der Schießbefehl gilt.

Danach rann grüne Brühe aus ihrem Leib. Trotzdem wollten sie die Welt beherrschen, und sei es mithilfe der Sterne.

An Sommernachmittagen diese gewisse Lethargie, das flache, graue Licht, die müde Luft.

Wir sind schöne Puppen.

Sie tun uns alles, nur essen und trinken müssen wir selber. Und natürlich das lebensgefährliche Erzählen am Abend. Der Sultan schläft selten, schläft selten ein. Kennt die Literatur, leider, wie kein zweiter. Die Tage vergehn in bangem Erfinden.

Geblümte Kacheln zieren die Pissoirs. Wie eine Mayapyramide bezeugen sie nach Jahrtausenden unsre Kultur. Vom Abendland blieb eine geblümte Pißrinne, ein Wurzelsepp aus Plastik. Wir sind frei zu lesen und zu schreiben, was wir wollen, nämlich das Gute und Schöne. Der beste Tastsinn heißt Bauch, der Kopf wird eher verachtet. Abends beten wir sieben Minuten zum Hirten. Er winkt von seinem Fenster aus in die Welt.

Sie atmet tief.

Noch ist er nicht ganz verfault. Der Frau werden Zehen abgeschnitten. Eine schwärzlichgrüne Flüssigkeit tritt aus. Die Brüstung, hinter der sie steht, verbirgt dies. Das Gehirn ist intakt, wie Ärzte versichern.

Unser Leib ist für den Laufsteg gezüchtet, Abstand zwischen After und Geschlecht drei Fingerbreit, dazu hohe, schlanke, haarlose, kerzengerade, öligbraune Beine. Feiner Sand an den Schenkeln. Der Reiz wird laufend erhöht. Polierte hochfunktionelle Schleimhäute, Pfirsichhäute, samtne Mösen, metallne Schwänze. Erbtechniker arbeiten Tag und Nacht. Die weiße Rasse erhebt sich strahlend, die schwarze stirbt an Hunger und Aids. Der zweite Zeh ist länger als der große. Kleine Abweichungen freun den Kenner. Große merzt der Chirurg, so jauchzt endlich die junge Onassis : lonesome no more!

Bei Drucklegung dieser Geschichte, die manche nicht Geschichte nennen werden, ist sie schon tot.

Die Geschichte wird nach Drucklegung fortgesetzt, aber nicht hier.

Das Essen ist reichlich. Wir können nicht klagen. Auch der Hirt klagt nicht, obgleich das Genital verfault. Wir könnten ewig so sitzen und zum Augenblick irgendwas sagen, zum Beispiel bleib. Dennoch immer diese Sehnsucht, etwa nach einer dauerhaften Beziehung. Fingernägel spitz gefeilt, Edelstahl Butter

104

Kanonen die herrlichste Autobahn. So kratz ich dir die Augen aus. Unter den Teppichen wird es stickig. Das Jucken im Bauch. Keine Miene. Vorsicht, das Kind beißt. Kommen Sie durch die Küche herein. Wir mußten es leider anketten. Es frißt hauptsächlich Gras. Der Wortschatz beträgt etwa hundert, klein aber mein. Der Privatmensch schweigt. Ämter ballen sich zu Wolken aus Insolenz. Die Vergangenheit ist überwältigt, die Gegenwart überwältigend. Jetzt ist Sommer. Ferienkinder trotten mürrisch hinter forschen Eltern durch Tirol.

Andre wieder müssen an die Urne und wählen das falsche. Einst flogen wir zum Mond, ein großer Schritt für Aldrich-Armstrong, ein kleiner für die Menschheit. In Mexiko stürzen Pferde vom Himmel in ein elendes Viertel, gleich denkt man Gnadenschuß, dieser erfolgt, aber nicht auf dem Bildschirm.

Er kann den Schmerz kaum verbergen. Das Genital schrumpft auf ein Schwämmchen schwarz am morschen Strunk.

Wir warn einmal glücklich. Davon später. Wir vereinigen uns mit der Frau unsres Lebens, das ist eine Redensart, ejakulieren, rollen zur Seite. Das Sperma wird entgegen einer landläufigen Meinung nicht in der Scheide resorbiert, sondern rinnt aus und macht einen häßlichen Fleck. Noch in der Nacht ging er nachhaus, im dunkeln die Treppe hoch brach das Bein, so kam es ans Licht.

Die Alte hinter der Brüstung lächelte tapfer, so gab sie dem Volk ein Beispiel. Das Gesicht wird wöchentlich gestrafft. Lächelt und kann nicht anders. Der Oberteil des Hirten wurde auf ein Gestell geschnallt und dieses hinter der Brüstung plaziert, lässig lehnt er und winkt. Wir jubelten. Wir hatten keinen Charakter, aber den gleichnamigen Kopf. Das Konto war okeh. Wir wurden dem Zufall nicht überlassen. Die freie, gleiche und geheime Wahl verliert in einer Epoche so strahlender Gemeinsamkeit ihren Sinn. Wir vergaßen wie die Wilden. Die Kolonie blühte. Das Zahnfleisch blutete. Wir starben keimfrei. Wir fuhren in völliger Freiheit, welche wir mit allen Mitteln zu verteidigen bereit waren, auf Urlaub, wohin wir wollten, nämlich ans Meer. Dort ein köstliches Bad in Algensuppe und der eignen Scheiße, allmorgendlich brav durch lange Rohre ins Meer gepumpt. Das Gewissen fasertief, ultraweiß, blütenrein. Man umwarb unsre Kaufkraft. Die Fantasie mit Ficken und Töten gefüllt. Die Kasse stimmte. Die Hungerbäuche abends im Fernsehn erfreuten das Herz. Am besten gefiel uns der Sudan, ein wirtschaftliches Hoffnungsgebiet ersten Ranges. Sind erst alle verhungert, baun wir unsre Orangen dort an. So schön war die Zeit. Wir denken gern zurück. Wir denken nur zurück. Selbst im Sarg noch dieses straffe Lächeln. *Einmal hab ich einen besonders frechen SS Kraut umgelegt. Als ich ihm sagte, ich würd ihn umlegen, wenn er nicht mit den Fluchtwegsignalen rausrückte, sagte der: du wirst mich nicht umbringen. Weil du Angst hast und ihr eine Rasse degenerierter Bastarde seid. Außerdem verstößt es*

106

gegen die Genfer Konvention. Wie man sich täuschen kann Bruder sagte ich schoß ihn dreimal schnell in den Bauch und dann, als er in die Knie ging, in den Schädel, sodaß das Hirn beim Mund rauskam oder vielleicht wars die Nase. Sie trugen das Schaff Soße weg. Sie hatten alle Hände voll zu tun. Jetzt brach ein Stück Schulter ab. Gottseidank die Amtszeit ist bald um. Wir halten uns vor Vergangenheit nicht zurück, eher vor Mitvergangenheit. Wir wissen von nichts. Wir sind nirgendwo gewesen. Wir sitzen auf der Terrasse. Letzte Sonnenstrahlen.

Ich saß am Balkon, Wolldecke über die Beine. Die Herbstsonne wärmte noch. Ich war fast blind. Der Körper aus Leder, fühllos. Das Glied des Hirten wurde in Millionen Stück über die Erde verbreitet. Ähnlichkeiten wären Zufall. So gut ging das Geschäft noch nie. Wir denken gern zurück. Keine Geschichten. Von der Matura weg nach Rußland, eine Kugel durch den Kopf wegen Feigheit oder vor dem Feind.

Wie erzählen wir etwas, was wir nicht begreifen. Der Lektor rät: erfinden Sie eine Familie mit tyrannischem Vater.

Beim Abendessen sagte die Alte, wieviel Einwohner hat China eigentlich. Ich sagte jedenfalls zuviele wir werdens nicht ändern. In vielen Wohnungen hatte der Ermordete den Ehrenplatz im Winkel hinterm Eßtisch. Die Frau soll leibhaftig in den Himmel aufgefahren sein, nach andren Quellen die Mutter, nach andren Quellen zum Mond. Die Liebe währet ewig. Ich kann es fühlen. Jedes Detail im Kopf, heiße Wangen, Stammeln, Prickeln im Arsch, Heimweg im Mai, das Alter dreiundzwanzig, laue Nächte und Handflächen kühl und grau im ersten Morgenlicht, schönes Geschlecht salzig nie wieder gestorben verwest, ich, du, immer das eine, zier dich nicht. So geschah es. Was schrieben wir für herrliche Briefe voll Lügen, ein samtner Betrug, lange vorbei.

Ich sitze bis gegen vier auf der Terrasse, die Sonne wärmt, wenn auch schwach, gegen Abend ein klarer Gedanke oder auch nicht. Man darf nicht alles verlangen. Um vier schiebt die Alte mich zum Küchentisch, stellt den Kaffee hin, trinken kann ich selber. Viel Milch schön heiß. Das Augenlicht erlischt. Der Körper stirbt von den Füßen her. Kein Grund zur Klage. Ich habe mich immer beherrscht. Ich warte auf den Tod.

«Se. Erlaucht würde sagen, daß die Gegen- wart heillos ist.»

Robert Musil, Der Mann ohne Eigenschaften, S. 272

Wenn Sie sparen, finanzieren oder vorsorgen wollen:

LITERATUR DER
salzburger AV edition

Band 1

Gerhard Amanshauser

LIST DER ILLUSIONEN

Bemerkungen

112 Seiten, 12×18 cm
ISBN 3 900 594 007

**Titelbild und Zeichnungen
von Harald Köck**

Die Genauigkeit und Folgerichtigkeit dieser Aufzeichnungen ent-
springt der Scharfsicht eines Geistes, der sich über Wahrheit und
Illusionen, Bewußtsein und Selbsttäuschung, Moral und Gesetz
mit Hilfe der Sprache Klarheit zu verschaffen sucht.

Neue Zürcher Zeitung

Band 2

Christoph Wilhelm Aigner

KATZENSPUR

Verse und Marginalien

126 Seiten, 12 x 18 cm
ISBN 3 900 594 015

**Titelbild und Zeichnungen
von Hermann Kremsmayer**

Im zweiten Band der Reihe, „Katzenspur", bestürzen Christoph
Wilhelm Aigners Verse und Marginalien durch ihre abgrundtiefe,
unerlöste Verzweiflung . . . wo wahre Poesie aufscheint, der man
auch das Mitleiden an der Kreatur glaubt.

Neue Zürcher Zeitung

Band 3

Anton Fuchs

FLASCHENPOST

Erzählungen

110 Seiten, 12×18 cm
ISBN 3 900 594 023

**Titelbild und Zeichnungen
von Rudolf Hradil**

Die dreizehn Erzählungen stellen einen gedanklich präzisen, straffen und gleichzeitig sehr poetischen Balanceakt zwischen Realem und Surrealem dar. Ein Dichter, dessen mit eindringlicher und herber Poesie vermittelte Botschaft berührt und nachklingt.

Neue Zürcher Zeitung

Band 4

Gerhard Amanshauser

GEDICHTE

82 Seiten, 12×18 cm
ISBN 3 900 594 031

**Titelbild und Zeichnungen
von Johann Weyringer**

Gerhard Amanshauser hat mit diesen Gedichten, von denen einige – welchen anderen Begriff verwenden – von vollkommener Schönheit sind, erneut bewiesen, wie sehr er sich jeder Kategorisierung entzieht; Philosoph, Essayist, Erzähler, Romanautor – und jetzt auch Lyriker. Wer diese Gedichte gelesen hat (und dazu die anderen Bücher), der mag hinter keine dieser Bezeichnungen mehr ein Fragezeichen setzen.

Die Zeit

Band 5

Ernest Dyczek

TERMITEN

Erzählung

71 Seiten, 12×18 cm
ISBN 3 900 594 04X

**Titelbild und Grafiken
von Stanislaw R. Kortyka**

Dyczeks Satire auf ein System, in dem Phrasen, Zwang und Opportunismus regieren, ist ein Paradebeispiel für die hohe Kunst alles anzudeuten und nichts zu verschweigen. „Die Fabel demaskiert wirkungsvoll" Staatssysteme, deren „Zielsetzungen sich seit langen Jahrzehnten monoton wiederholen".

Neue Zürcher Zeitung

Band 6

Gerhard Amanshauser

FAHRT ZUR VEBOTENEN STADT

Satiren und Capriccios

122 Seiten, 12×18 cm
ISBN 3 900 594 058

**Titelbild und Zeichnungen
von Monika Drioli**

Ein Buch für Liebhaber der Ironie. Amanshausers bisher umfangreichste Satirensammlung. Er betätigt sich als Erfinder der Ohrenwurst, des Toe-Loop-Drehzählers und von Transporthelmen für Kinder und Hunde, gibt Ratschläge, wie man sich eine aparte Verrücktheit zulegen kann und landet schließlich in China als Kulturträgr. Ein Buch, in dem in treffsicheren Bildern das Künstliche, Synthetische des heutigen Lebens ad absurdum geführt wird.

Neue Zürcher Zeitung

Band 7

P. A. Winkler

DAS MEISTERWERK

Bildergeschichten

120 Seiten, geb., Farbe, 21×29,7 cm

ISBN 3 900 594 066

Der erste große farbige Prachtband der edition beinhaltet Bildergeschichten und Schurkereien der Sprache, quer durch die Merk-
würdigkeiten der Welt und wieder zurück. Ob es sich um einen
verliebten Glühwurm handelt oder den nachtdunklen Fantomas:
hier bleibt kein Auge trocken. Der listige Humor kann das Zwerch-
fell dehnen.

Kurier

Band 8

Hans Henkel

FISCHACH

Erzählung

80 Seiten, geb., 10,5 × 17,3 cm
ISBN 3 900 594 074

**Titelbild und Radierungen
von Gottfried Salzmann**

Mit Hans Henkel ist ein neuer Name in Österreichs Literatur aufge-
taucht. Sein Erstlingswerk (kongenial von Gottfried Salzmann mit
Landschaftsradierungen ausgestattet) beschreibt die heißen
Sommertage der Kindheit an einem Fluß, der Fischach, und weckt
durch die ruhige Art des Erzählens und erstaunlich genaue Beobachtungen Erinnerungen, die wir schon lange vergessen geglaubt
haben. Plötzlich riecht man wieder die Stoppelfelder, oder wie es
nach einem Sommergewitter duftet, auch den Geruch der hölzer-
nen Badebretter.

ORF

Band 9

Gitta Deutsch

AN EINEM TAG IM FEBRUAR
Gedichte
mit einem Nachwort von ERICH FRIED

60 Seiten, geb., 10,5 × 17,3 cm
ISBN 3 900 594 082

Titelbild von Gottfried Salzmann

Diese Gedichte unterscheiden sich von einer großen Anzahl anderer Liebesgedichte dadurch, daß sie nicht Gedichte eines jungen Menschen an einen jungen Menschen sind. Vielleicht dadurch entstand eine wie selbstverständlich anmutende Kombination von Zartheit, Eindeutigkeit und Zurückhaltung. Diese Verse versuchen nirgends einer Mode oder einem Trend zu folgen. Ich glaube, daß diese Verse eine Bereicherung dessen darstellen, was wir an Liebesgedichten und Klagegedichten haben.

Erich Fried

Band 10

Walter Kappacher

CERRETO
Aufzeichnungen aus der Toskana
mit Zeichnungen des Autors

90 Seiten, geb., 10,5 × 17,3 cm
ISBN 3 900 594 090

Walter Kappachers Aufzeichnungen aus dem Toskanischen Val d'Arno gehören wohl zum Schönsten, was über den Landstrich geschrieben worden ist. Die ruhige Erzählhaltung des Autors (Martin Walser schrieb einmal über Kappachers Stil: „...das Stillste, das ich kenne–") beschwört eine Natur herauf im Kampf um ihre Unversehrtheit; und der Autor, der in ihr und mit ihr lebt, erfüllt Schillers Forderung: „Der Autor ist der Verteidiger der Natur".

Band 11

Hans Henkel

VOR DER OPERATION
Erzählung

68 Seiten, geb., 10,5 × 17,3 cm
ISBN 3 900 594 104

**Mit Gouachen von
Eva Möseneder**

Henkel, selbst Kinderarzt, begibt sich in seinem Text in die Rolle
der Patienten. Mit einfachen, klaren Sätzen, die nie Ereignisse zu
hoher Bedeutung stilisieren... So wie hier eine Situation in Details
eingekreist wird, kommt man als Leser der Atmosphäre näher als
durch Beteuerungen von Leid.

Salzburger Nachrichten

Band 12

Gerhard Amanshauser

MOLOCH HORRIDUS
Aufzeichnungen

93 Seiten, 12 × 18 cm
ISBN 3 900 594 112

**Mit Holzschnitten von
Rudolf Schönwald**

Gerhard Amanshausers Überlegungen sind eine bestechende
Lektüre. Er setzt seine geschliffenen Sätze wie Schwerter gegen
jegliche menschliche Unmüdigkeit ein, seien es die Auswüchse
von Religionen, Nationalsozialismus, Kommunismus oder anderen Ismen.

Neue Züricher Zeitung

Band 13

Manfred Koch

LESEVERBOT

Satiren

111 Seiten, 12 × 18 cm
ISBN 3 900 594 12 0

**Mit Zeichnungen von
Helmut Hütter**

„Einem österreichischen Politiker sind alle Staatsbürger gleich,"
lautet Manfred Kochs „Gleichheitsprinzip". Das Buch ist eine
geballte Ladung Satire, bissig, witzig und hundsgemein. Das „Le-
severbot" gilt für eine ganze Menge von Menschen: für Traum-
deuter und solche mit Schlafstörungen durch Träume, für Gastro-
nomen und überhaupt alle rätselhaften Österreicher. Die Zeichnungen des Karikaturisten Helmut Hütter sind ein Genuß dazu.

Band 15

Egyd Gstättner

HERDER, FRAUENDIENST
UND ANDERE LIEBESERKLÄRUNGEN

160 Seiten, 12 × 18 cm
ISBN 3 900 594 14 7

**Mit Zeichnungen von
Markus Vallazza**

Egyd Gstättners Faible gilt den Exzentrikern, Außenseitern und
merkwürdigen Typen. In den drei Geschichten des Buches kommen diese ausführlich zu Wort. Plötzlich werden scheinbar gesi-
cherte Werte beim Wort genommen, umgedreht und ausgeschüt-
tet. Wie wenig oft daraus hervorkommt und wie viel, wenn mans
nicht ganz so ernst nimmt, ist erstaunlich. „Alles bedingt einander,
nur das Nichts ist nichts."

FREUNDE, FÖRDERER

Angelica Bäumer
Barbara Ebner
Gertrud Frauenberger
Werner Frauenberger
Werner Gruber
Fritz R. Kreis
Peter Krön
Hans Kruckenhauser
Hans Laßnig
Peter Lechenauer
Helene Matras
Werner Otte
Heinz Paradeiser
Gernot Pauser
Christina Schneider
Otto Staindl
Sybille Voggenhuber
Peter Weidisch
Werner Zeller